D+

dear+ novel

omaega orewo sukisugirunode nigeyouto omoimasu ・・・・・・・・・・・・・・・・・・・

お前が俺を好きすぎるので逃げようと思います

切江真琴

新書館ディアプラス文庫

お前が俺を好きすぎるので逃げようと思います

contents

illustration：橋本あおい

お前が俺を好きすぎるので
逃げようと思います

OMAEGA OREWO SUKISUGIRUNODE
NIGEYOUTO OMOIMASU

『おはよう。今日は一日晴れみたいだよ』

『花粉結構飛ぶから眼鏡した方がいいって』

『夜ちょっと重大発表するね。いってらっしゃい』

ポコポコと立て続けに通知音がして、長尾悠紀《ながおゆうき》は目を覚ました。あと数十秒で鳴るところだったアラームを解除し、メッセージをじっくり眺めて相好《そうごう》を崩《くず》す。

幼馴染の北条友也《ほうじょうともや》から毎朝送られてくる、朝の挨拶《あいさつ》と天気、ちょっとした小ネタと「いってらっしゃい」の定型文。これらはこの二年で、悠紀の爽《さわ》やかな朝に欠かせないものとなってしまった。

すらりと高い背と、ややたれ目がちのやさしい眼差《まなざ》し。それを引き締める意志の強そうな眉を思い出してつい微笑《ほほえ》み、そんな自分にハッと気づいて頬をぺちんと叩くところまでがルーティンと化している。

大学に入ってひとり暮らしを始めたとき、友也は「起きられないと困るから毎朝メッセージ頂戴《ちょうだい》」と悠紀にねだってきた。開始一週間ほどでメッセージを送る側と受ける側が逆転したのは予想通りだったわけだが、友也は今も文句ひとつ言わず悠紀を起こしてくれる。

——ほんと、友也は俺のこと好きすぎ。

まあ、三人目の兄貴として好きなだけだけど。そう今日も自分に言い聞かせ、悠紀はベッドを降りた。

自分は友也の好意を喜んでいてはいけない人種だ。だから困る、けれど嬉しい。

最終的に嬉しい方が勝《まさ》るのもいつものことで、鼻歌を歌いながら悠紀は朝風呂の用意のため浴室へと向かった。まだ三月の末、肌寒い時期は先にシャワーのお湯を出しておくに限る。

二十三区のほぼ中心部にある悠紀のマンションは、リノベーション済みとはいえ築年数がそこそこ経《た》っているため、家賃と広さ、それに設備の折り合いがちょうどいい。1DKでもバストイレがちゃんと分かれているのもお気に入りだ。

浴室のシャワーコックをひねったところで、今度は着信音が鳴った。実家の母からである。

「もしもし？　どうしたの朝っぱらから」

「おはよ。あんた明日は休みなんでしょ？　ちゃんと引っ越しの荷解《にほど》きとか手伝ってあげなさいよ、って電話したの」

「引っ越し？　誰の？」

「友也くん」

「友也が？　引っ越し？」

悠紀は首をひねった。友也はたしか四月で大学三年だ。今は横浜方面に住んでいるが、引っ越しなんて聞いていない。そんな疑問を汲《く》み取ったかのように母は「三年からは都内のキャンパスなんだって」と教えてくれた。

「ああ……二年まで神奈川ってそういう意味か」

昔そう聞いたけれど、高専《こうせん》経由で社会人となった悠紀はピンと来ていなかった。友也が通うような大きな大学は学年や学部で通う校舎の場所が変わるらしい。恒例のおはようメッセージに「夜に重大発表する」と書いてあったのは、この引っ越しの件なのだろう。納得した悠紀に、母はさらに畳《たた》みかけてきた。

「せっかく同じマンションになるんだから、あんたちゃんと面倒見てあげんのよ？　まああんたの方が友也くんに面倒見てもらうことになりそうだけど」

「お、同じ、マンション⁉」

驚いた悠紀は慌てて母との通話を終わらせ、即座に電話をかけた。もちろん友也にだ。

しかし「何時にこっちに着くんだ」「何号室なんだ」と尋ねるも、「なんだ、おばさんバラしちゃったのかあ」と友也はおっとり笑いつつ「全部内緒」と何も教えてくれない。さらに「いってらっしゃい」と会社へと送り出す言葉で話をぶった切った。

そして――翌朝午前十時半。引っ越し蕎麦《そば》を引っ提《さ》げ、玄関先で微笑む男前は言った。

「隣に引っ越してきた北条友也です。よろしくね悠紀くん」

1

幼いころの記憶は曖昧《あいまい》で、何かを思い出すためのよすがすら、するすると摑みどころなく逃げてゆく。そんな中、友也《ともや》と出会った時のことだけは悠紀《ゆうき》は鮮明に思い出せる。

「ほら悠紀。友也くん、だよー。悠紀の方がみっつお兄ちゃんだね」

ある日幼稚園から帰った悠紀は、友也と引き合わされた。初夏の、晴れて気持ちのいい日だった――というのは母の言《げん》による。

悠紀の家の広いベランダで、日向《ひなた》ぼっこをしている赤ん坊。十一月生まれで、生後半年になるという隣家《りんか》の三男は、白くてぷにぷにしたおまんじゅうのようだった。

当時悠紀は、よく遊んでくれる隣家の勝斗《まさと》と努《つとむ》を兄のように慕《した》っていた。ふたりはもう小学生となっていたのに、幼稚園生の悠紀を邪魔にせずよく面倒を見てくれたのだ。まあ、長《ちょう》じてから話を聞くに、家の階段を五段飛ばしで飛び降りようとしたり、猫を捕まえようと土塀《どべい》によじ登ろうとするやんちゃな悠紀から目を離せなかっただけらしいが。

ともかくも幼い悠紀にとってふたりは憧《あこが》れの存在で、自分も「お兄ちゃん」になって弟と遊んであげたいな、とよく思っていた。だから自分よりもずっと小さい赤ん坊と出会い、さらに「悠紀がお兄ちゃん」と言われ、ひどく浮かれたのを覚えている。ついでに、その赤ん坊をおいしそうだな、と思ったことも。

ちなみに悠紀は、衝動のままに白くてふっくらした友也の二の腕を甘噛みするという、まったくお兄ちゃんらしからぬ暴挙に出た。びっくりしたのだろう友也が泣き出し、悠紀もまたびっくりして慌てて母の後ろに隠れた。当然母親には叱られたが、すでに男児を二人も育てていた友也の母は鷹揚《おうよう》に笑って「赤ちゃんておいしそうだもんねえ」と、友也を抱き上げやさしくあやした。

それが、まるでスポットライトが当たっているかのように鮮《あざ》やかに蘇《よみがえ》ってくる、悠紀の一番古い記憶だ。

そんな初対面だったものの、友也は実の兄弟である勝斗と努よりも悠紀に懐《なつ》いた。友也は兄たちと六つ七つ年が離れていたから、兄弟というよりお世話係のような関係だったせいだろう。むしろ年齢的に間に入る形となった悠紀が、上ふたりにとっての弟、友也にとっての兄のような役割を担《にな》っていたように思う。

友也は三歳下ではあったが、よく喋《しゃべ》る明るい兄をふたりも持つからか言葉も早く人の気持ちを察するのもうまく、一緒にいて物足りないということがない。幼稚園生らしく、読んでいるのは絵本だったし、日曜朝の特撮ヒーロー物が好きで、悠紀はよく視聴に付き合わされたが楽しいばかりだった。

「ゆうきくんはあんまんマンで誰が好きー?」

「んー。セレウス菌《きん》マン」

「なんでえ? せれーす菌マン、悪い人だよ」

「でも、いつもやられてかわいそうだなって」

「そっかあ、いっつもマンドリルで刺されてるもんねえ。ゆうきくんはやさしいねえ」

子供にありがちな悪役好きを適当に正当化しただけなのに、そんな悠紀をまじまじと眺め、友也はにこにこ笑う。

別に悠紀はやさしくはない。常勝無敗《じょうしょうむはい》のあんまんマンより、創意工夫を凝《こ》らししつつも毎回「ぼくの糖度は75度！　そう簡単には腐《くさ》らないぞ！」とあんまんマンドリルで貫《つらぬ》かれてしまうセレウス菌マンの方が好きだっただけだ。けれど、友也の言葉に触れると、なんだか自分がとてもいい人間に――いいお兄ちゃんに思えた。

その「いい兄であろう」という気持ちは、いつのまにか悠紀の存在意義のようなものになっていたと思う。

「今日は暑いから麦茶を飲むんだぞ」とか「寒かったら風邪ひく前にセーター着るんだぞ」とか、そんな注意を小学生の悠紀がするたび、親たちは顔を見合わせて笑っていた。親の注意より悠紀のひと言の方が効果があると聞いた時は大変誇《ほこ》らしかったものだ。

「ススキって先っちょはふわふわしてるけど、葉っぱはとげとげしててけっこう痛いんだよ」

そんなことを自慢げに友也に語ったのは、悠紀が小学四年の秋のことだった。友也は小学一年生で、初の夏休みを無事乗り越え学校にもすっかり慣れたようだ。ただ友達はできても近所住まいではなく、結局放課後は悠紀と一緒に過ごした。

「ススキって、じゅうごやの時に飾ったやつ」

「そう。あれが学校の裏の川にいっぱい生《は》えてるんだよ」

「うらの川？」

「校庭の端っこ、フェンスの向こう側に竹がいっぱい生えてるだろ。あそこ、崖《がけ》になってて、下に川があんの」

「へええ！　悠紀くんはものしりだねえ」

褒められて悠紀の鼻は高くなる。といっても、学校の裏手に川が流れていることを知ったのは悠紀もごく最近のことだった。また、校庭のフェンスの向こうの『お化け竹藪《たけやぶ》』に、実はお化けが出ないと知ったのも。

実は先週の十五夜の日の昼間、勝斗にいきなり「アイス奢《おご》ってやるから、十五夜のススキ取りに行こうぜ」と手伝わされたのである。なんと花屋でススキを買うよう渡された五百円をお小遣いにするため、『お化け竹藪』を通って野生のススキを入手するのだという。向かう先を聞いて拒《こば》む悠紀に「お化けなんていないって。川があって危ないから入るなって言われてるだけ」と、勝斗はネタばらしをして、さらに校庭のフェンスの抜け道を教えてくれた。竹藪を抜けた先には、谷があった。アパート何階分かの階段が整備されていて、そこを降りると幅二メートルほどの細い川と、ススキが一面に生える広い川辺があった。

ちょっとびっくりした。近くに川があることは知っていたのに、こんな位置関係とは思わなかった。ついでに、竹藪で取れた筍《たけのこ》が給食の筍ごはんになることも初めて知った。バラバラの知識が繋がって大きなひとまとまりの知識となり世界が一瞬で広がる。目の前が拓《ひら》けるような感覚を覚え悠紀は大変昂揚《こうよう》した。――という経験をして大人の階段をのぼった気分全開の悠紀は、ドヤ顔で友也に知識を披露《ひろう》したわけだ。

「僕も崖、見たい」

「ダメダメ。俺だって勝斗兄に連れてってもらったんだから。友也が俺くらいになって、俺が勝斗兄くらい大きくなったら連れてってやるよ」

そう請《う》け合ったところで、廊下から「こら」と掠《かす》れた声がかけられた。振り向くと、学生服姿の努が渋い顔で居間へと入ってきた。ちょうど帰宅したところらしい。

「悠紀、聞こえてたぞ。友也はなんでも真似したがるからあんまり変なこと教えるなよ」

「べ、別に、変なことじゃないよ。フェンスの隙間のことは勝斗兄から聞いたんだし」

「兄貴はもう……お前と兄貴がつるむとサルが二匹いるみたいで困るよ」

声変わりが始まった不安定な声音で、しっかり者の努は親のようなことを言う。

「そうだ、友也。悠紀はお前の前だといいお兄ちゃんぶって慎重になるから、お前がストッパーになれよ」

「すとっぱー」

「悠紀が危ないことしないように見張ってやれ。こいつほっとくと塀の上でドンジャンケンやろうとか言いだすからな」

「わかった！」

元気よく返事する友也の頭を努がくしゃくしゃと撫でた。

黙っていれば王子様のように綺麗な顔をしているくせに中身はおサル、と周囲の人から評され続けている悠紀なので、努はこんなふうに搦《から》め手を使ってくるのだ。まあ一応、決定的に危ないことはしないという信用を得てはいるのだが、友也をセットにすると悠紀はさらに模範的な人間になる。友也にとってのいい兄たろうと心掛ける悠紀の兄心は上手に利用されている。

友也をくっつけることで結果的に悠紀をも危険から遠ざけた知将《ちしょう》・努は、悠紀の頭をわしわし撫でて「いっちょ前に『俺』なんて言うようになりやがって」と笑った。

2

小学校生活もあと半月で終わるというある日、友也《ともや》と一緒に下校しながら悠紀《ゆうき》は手をこすり合わせていた。もう三月だというのにいきなりみぞれが降るくらいに冷え込んだため、手袋をしていない手がかじかんでいた。

小学六年生の悠紀と三年生の友也が一緒に下校できる日は本来少ない。しかし友也の同級生はみな逆方向へと帰るので、図書室で悠紀の帰りを待って一緒に帰宅するよう、友也は親たちに勧《すす》められていた。

「僕の手袋する？」

風邪を引かないかと心配そうに友也が見上げてくるのがかわいらしい。「友也のじゃ入んないなあ」とからかいながら、悠紀はその頭をくしゃくしゃ撫でる。

最近気づいたことだが、友也はどうやら自分を守る気満々らしい。以前努《つとむ》に命じられた「悠紀のストッパーになれ」が、「悠紀を危ない目に遭《あ》わせない」を経《へ》ていつのまにか「悠紀を守る」使命へと成長したようだ。自分の顎《あご》の下に頭のてっぺんが来るような小さな友也に気遣われるのがくすぐったく、悠紀の頬は緩《ゆる》んでしまう。

「そうだ。友也のポッケに手ぇ入れさせてよ」

ポケットに手を入れるならば自分のスタジアムジャンパーでもいいのだが、転んだときに危ないという理由で親からも学校からも禁止されている。となれば。

「悠紀くん……これ、歩きにくくない？」

「んー。でもあったけぇ」

友也の背後から負《お》ぶさるようにして、悠紀は両手をそれぞれ、友也の上着のポケットに入れた。背を丸めてややガニ股《また》気味に歩かなければならないが、手は暖かいし、腹に友也を抱《かか》える形になるのでそこもあたたかい。さらに友也のランドセルは、友也が腹側に回しているので万一転んでもクッションになる。

——完璧だ。

時速1キロにも満たないだろう速度で移動する変則二人羽織《ににんばおり》状態を自画自賛しつつ、悠紀たちは普段の倍の時間をかけて家にほど近い交差点の信号まで辿《たど》り着いた。

「友也、まだ小さいなあ」

自分の顎下にある友也のつむじにごりごりと顎を擦《こす》りつけ、悠紀はふふふと笑う。あまりちびっこ扱いをすると友也に怒られるのでほどほどにしておくけれど、それにしてもお腹があたたかいだけでなんでこんなに穏やかないい気分になれるのだろう、不思議だ。

「あれ？　友也、あれ勝斗《まさと》兄じゃないか？」

さすがに横断歩道を二人羽織で渡るのは危ないだろうと一旦友也から離れて信号待ちをする最中、悠紀は道の先に見慣れた影を見つけた。呼び掛けが届かない程度離れたところに勝斗がいる。ガードレールに寄りかかっている女性に話しかけているようだった。

「ほんとだ、勝兄だ」

悠紀たちの通学路はバス通り沿いなので、バス通学の勝斗の帰りと鉢合《はちあ》わせたようだ。

「話してるの、クリーニング屋のおばちゃんだよな？」

「だよね。腰痛いのかな？」

クリーニング屋のおばちゃんは大変ふくよかで、常に腰痛を発症している。悠紀たちが見つめる中、勝斗はおばちゃんに背を向けしゃがみこんだ。もしや突然の腰痛悪化で動けないおばちゃんを運ぶ気だろうか。さすがに無理では、と思う間に、よれよれ動作のおばちゃんが勝斗の背に覆《おお》いかぶさる。なんと勝斗は、推定100キロのおばちゃんを負ぶって、立ち上がった。県道を渡るための信号は待ち時間が長い。ただ見守るだけのふたりの視界の中、勝斗たちは遠ざかってゆく。

はあ、と思わず悠紀は嘆息《たんそく》した。

「勝斗兄、かっこよ……！」

巨体のご婦人を軽々担《かつ》ぎ上げるその膂力《りょりょく》に感動してしまう。友也が腕の中にすっぽり入るサイズなことに気を良くしていたさっきまでの自分が、矮小《わいしょう》な存在にしか思えない。

ただひたすら憧れの眼差《まなざ》しでおばちゃんを背負った勝斗を見つめる悠紀へ、友也は一生懸命「僕も悠紀くんおんぶする」「ねえ」と話しかけてきた。その様子が健気《けなげ》で可笑《おか》しくて、勝斗から友也へ視線を移す。

「じゃあ、信号渡ったらおんぶしてくれよ」

「うん。ポッケに手ぇ入れていいからね」

「ありがと」

素直に礼を告げると、友也は満足そうに笑った。

悠紀を守ろうとしてくれているこの小さな弟分の前で勝斗を褒めちぎるなど、失礼なことをしてしまった。信号を渡り終えると、悠紀は再び友也の背後に回った。さすがにおんぶは出来なかったけれど、悠紀が体重をかけて背中に覆いかぶさると友也は嬉しそうに笑う。ポケットに突っ込んだ手はあたたかく、そのままのろのろとした歩みで家に着く頃には、身体中ほかほかになっていた。

「悠紀くんていくつから背が伸びた？」

悠紀が中学にあがって少しして、友也はそんなことをよく尋ねてくるようになった。身長にどうやら思うところがあるらしく、眼差しが真剣だ。友也の兄たちは成長期の訪《おとず》れが早く、中学に入るときにはすでに百六十センチを超えていた。彼らに憧れていた悠紀もそんなものだ。しかし友也はなかなか背が伸びず、小学四年生となった今も朝礼で整列すると前から二番目だという。悠紀の成長具合を聞いた友也は拗《す》ねた瞳で口を尖《とが》らせている。

「なあ、なんでそんな大きくなりたいんだよ？　慌てなくてもお前が小さいまんまってことはないって」

「そりゃあ、うちはお母さんも大きいから、ぼ——俺もそのうち大きくなるとは思うけど」

「なるなる、絶対俺なんか抜かれちゃう」

本気8の冗談2くらいを入り混じらせた笑いで頷く悠紀を、友也は拗ねたまま睨《にら》みつけてくる。どうやらからかい部分がばれたようだ。友也は本当に気持ちを汲《く》み取るのがうまい。末っ子は観察力抜群っていうからかな、なんて分析をするも、親や勝斗たち兄弟はあまりそういった感想を抱いていないようだ。

――単に俺が分かりやすいだけなのか？

それはちょっとダサい。そんな悲哀を感じた悠紀へ、友也は尖らせた口で「大きくなったら連れてってくれるって言ったじゃない」と呟いた。

「学校の裏の、ススキが生《は》えてるとこ」

「あー！　言った！　よく覚えてたなあ友也」

友達に自慢するには危険だろうと内緒にしていたこともあり、また「さすがにそう何度も小学校の校庭に侵入するのはヤバい」と勝斗も誘ってこなかったため、悠紀の記憶の中からすっかり河原のことは抜け落ちていた。

「そっか、俺が勝斗兄に連れてってもらったのも小四の時だったな」

ちょうど今の友也と同じだ。ふと、さっきから友也が「僕」と言いかけては「俺」と直しているのに気がついた。悠紀が背伸びして一人称を「俺」にしたのも同じころだった。

――もう。こいつ、俺のこと好きすぎじゃね？

友達の幅が広がるにつれてちょっとばかり汚くなってきた言葉遣いで、兄貴として慕《した》われるくすぐったさを照れ隠ししてみるとなかなかしっくりきた。

『友也は俺を好きすぎ』……なかなかいい響きだ。

「じゃあ、行くか？　――今度の水曜、母さんたちが映画に出かける日とか」

母親たちは子供に手がかからなくなったといって、よく出かけるようになった。特に水曜は映画デーの割引があるそうで帰宅はいつも五時ごろになる。都合のいいことに悠紀はテスト期間で部活がないから冒険にはうってつけだ。

そんなわけで翌水曜、晴れた日の午後にススキの河原への冒険は決行された。

九月中にはよくあった真夏日も、十月半ばの今はめっきり少なく、竹林を渡る風でさやさやと葉が鳴るのが心地よい。日が落ちるのも早くなり、注意して急な階段を降り切ったときにはもう空気は夕焼けの準備とばかりにオレンジの光を纏《まと》い始めていた。

「きれいだなあ……！」

「映画みたいだね！」

川辺に生《お》い茂ったススキは、すっかり穂が開き、夕方近い日の光で金色に靡《なび》いている。

最近ふたりは、金曜夜に民放《みんぽう》で放映される映画の鑑賞が習慣となっており、先週はトウモロコシ畑で野球をする映画を観《み》た。今日のススキはトウモロコシの穂が輝いていたのに似ている。

そのせいか、ふだんよりもずっとテンションの上がった様子の友也が「ススキ取って帰ろうよ」と駆け出した。そして、悠紀が「危ないぞ」と声を掛けるより早く、何かに躓《つまず》いた。

「わっ友也！」

いつだか母親が尻餅《しりもち》をついた時よりもずっと軽やかに転んだから、ひどい怪我はしていないとは思う。ただ、ススキの葉は縁がトゲ状になっていて、触れれば子供の皮膚など簡単に切れる。駆け寄ると、ススキの茂みに倒れ込むときに咄嗟《とっさ》に手を突いた友也は、あちこちに切り傷を作っていた。

「大丈夫か友也。ごめん、俺が手繋《つな》いでれば」

「っ……へ、へい、き」

泣き出しそうにしながらもぐっと声を飲み込む友也へ、悠紀は腰を屈《かが》め手を差し出す。折れたススキの葉が頬をかすめてチリリとしたが、友也の方がもっと多く傷を作っている。それでも泣き言を言わず立ち上がった気丈さを愛《いと》おしく思うも、友也はすぐに足をひょこりとさせてよろめいた。

「あれ？　くじいた？」

「わかんない、痛いけど……」

「動かさない方がいいなあ。ススキは諦めよ。おんぶしてやるよ」

そう告げて悠紀は友也に背を向けひょいと屈み込んだ。だが友也は固い声を上げる。

「……やだ」

「えっ。なんで」

「だって、なんか……小さい子供、みたいだから」

しゃがんだ姿勢から見上げた友也は、下唇を突き出し、拗ねた顔をしていた。

珍しい。友也はいつだって落ち着きがあって、未だ各方面からおサル扱いされる悠紀よりもずっと大人な子供だったのに、こんな態度をとるのは本当に、珍しい。

微笑ましい。そう思うのに、同時にその気概《きがい》にハッとする。悠紀を守る使命を担《にな》っていながら悠紀に背負われるのが悔しいのだろうか。ススキの葉に触れた頬が何だかむず痒《がゆ》い。

——……なんだろ。

なんだか友也の顔から目が離せない。

しているのは、拗ねてごねるという子供っぽい感情の爆発なのに、そこに友也の矜持《きょうじ》があるからだろうか。チリチリする頬を掻《か》きながら、悠紀はしばし友也に見入った。

「……お前のこと、こんなとこ連れてきてケガさせたってバレたら俺が怒られちゃうから。早く帰って近所で転んだことにして、俺のこと守ってくれよ」

な、とお願いすると、友也はハッとした表情を経《へ》て不承不承ながら頷いた。悠紀を守るという使命感に訴えたのが良かったようだ。屈みこんだ背中に、友也の体温がおずおずとのしかかってくる。小柄だし、きっと猫のように軽いと思っていたのに、さすがに小学四年生の子供の身体は想像よりもずっと重かった。それでも立ち上がれないというほどではない。「よいしょ」と母からうつった口癖をひとつ、幼馴染を背負って悠紀は階段へと向かった。

「……重くない？　悠紀くん」

「だいじょぶ、だいじょぶ。——でも、勝斗兄はすげえなあって今マジで思ってるとこ」

クリーニング屋のおばちゃんをおぶってすたすた歩いていた姿を思い出して褒めちぎる。同じ光景を思い出したのか、友也が耳元へ「ああ……」と吐息のような相槌《あいづち》を落とした。

「……悠紀くんは、勝兄をかっこいいと思う?」

「思う思う。俺、勝斗兄に憧れて『お兄ちゃん』になりたかったんだもん」

勝斗も努も憧れの兄貴分だが、「行動的でちょっとアホ」という似た属性のせいか勝斗の方への羨望《せんぼう》が強い。実の兄弟を褒められて喜ぶかと思いきや、友也は先ほどと同じように声を固くした。

「……ぼ——俺も、悠紀くんのお兄ちゃんになれればよかったのに」

「え!? 友也がお兄ちゃんになったら俺末っ子じゃん! お前は俺の弟でいてよ」

赤ちゃんの友也と会ったときほんとに嬉しかったんだから、とコンクリートの階段を悠紀は一段一段丁寧に登る。そんな悠紀の背中に、ぽつりと文句が落ちてきた。

「……悠紀くん、嫌い」

そう聞こえた気がしたけれど、首にしがみついてくる腕は強さを増している。

だから悠紀はその言葉を、拗ねた幼馴染の強がりだと、微笑ましく断じた。こんな話はこれで終わりだと高をくくった。

けれどその後も友也はよく、自身の小柄な身体に拗ねた様子を見せるようになった。いわゆる反抗期というやつだろうかとぼんやり考えるものの、俯《うつむ》く友也の視線には周囲へ向けた反感は含まれていない。どちらかといえば河原で転んだときと同じく、自分自身を不甲斐《ふがい》なく思い悔しく感じているようだった。

勿論《もちろん》いつもいつものことではない。普段は明るく賢い友也のまま、ふとした拍子に漏れるだけだ。ただ、常に自分に対し忸怩《じくじ》たる思いがあるのだろう、とも思う。

——なんか、もやもやする。

かわいい弟分であるはずの友也が、育ちたい、成長したいと訴えるのは微笑ましいのに、そういうときの瞳の強さに悠紀の胸の内側は落ち着かなくなる。

兄貴分として、勝斗や努が自分に対してくれたように応じようと思うのにこんな苛《いら》つくようなおかしな気持ちになるなんて、自分も反抗期というやつなのかもしれない。あまりに友也と居すぎたから、弟離れをしようとしているとか。

中学になって入ったPC部はそれなりに忙しく面白く、また塾にも通うようになったから、友也との時間を減らすことはできる。友也との距離を見直そうと、無意識に自分の心が調整しているのだとしたら、苛立ちに似たものを友也にぶつけてしまうより先に離れておいた方がいいと思う。だが——、

「悠紀くん！　今帰りなの？」

「来週期末テストだから部活ないんだよ」

「じゃあ帰ったら勉強するよね？　俺も一緒に宿題する。お母さんがおやつ大学芋《だいがくいも》にするって言ってたから、悠紀くんおいでよ！」

隣家《りんか》なので当然通学路は一部かぶっている。離れようとする悠紀の画策《かくさく》などあってなきが如《ごと》

しだし、それに友也は基本的には昔と変わらない人懐《なつ》こさで悠紀に接してくる。笑顔の友也ならば悠紀も避ける理由はなくなるから、結局一緒にいることになる。

——なのに、なんだろ。

友也があの目をしないときにも、たまに胸にもやもやしたものが湧く。その理由がわからないまま、悠紀は中学に入ってからの一年を終えた。

3

「俺、このシーン何度見ても好きなんだよな。ボイラーの蒸気ブシューってなっててんのをモム爺《じい》さんがテキパキ直すのかっこいい」

「大きい機械修理ってかっこいいよねえ」

飛空艇《ひくうてい》で天上楼閣《ろうかく》に挑《いど》む名作アニメ映画を観《み》ながら漏らした感想に、友也《ともや》はてらいなく同意を返してきた。この話題は問題なし、と悠紀《ゆうき》は心の中の地雷《じらい》メモ帳に書き込みをする。

友也と一緒にいることに落ち着かなくなってからもう一年近くが経《た》つ。その間に悠紀は、話題の種類に地雷があるのに気がついた。

とりあえず勝斗《まさと》をかっこいいと褒《ほ》めるのは駄目だ。友也の眼差《まなざ》しがすうっと曇《くも》る。勝斗を嫌っているというより、どうやらあの圧倒的兄貴感に打ちのめされるらしい。まあ、すでに大学生となった勝斗は勉学にバイトに精を出しており、悠紀と顔を合わせる機会もなく、ゆえに最近は話題にも出ない。

他に友也を刺激するのは、中学での悠紀の人間関係だ。授業や部活の内容については好奇心旺盛《おうせい》に目を輝かせて聞くくせに、教師が悠紀の無謀《むぼう》さを叱ったとか、友人と泊まりがけでゲーム大会をするとか、そんな話のとき友也は、自分がその場にいないこと、悠紀と同い年じゃないことをひどく悔しがる。

最初にそんな傾向《けいこう》が表れたのはあの、小学校裏の谷川へ降りた日だ。あれ以来友也は、悠紀との年齢差を気にかけて羨《うらや》んだり不機嫌になるようになった。そして絶対に縮まることのない時間的距離に拘泥《こうでい》する友也に、悠紀は落ち着かないものを抱えるようになった。

どんなに拗《す》ねても三歳の年の差が埋《う》まるはずがない。だから友也の態度を鬱陶《うっとう》しいとか面倒くさいと思って、それが自分をもやもやさせるのかもしれない、とも考えた。けれど自分の心をいくら精査しても、そんな負の感情は見当たらなかった。

はあ、わけわからん、と悠紀はべたりと居間の座卓に頬をつける。一緒に金曜シネマ劇場を観ていた友也が先ほど帰っていったのと入れ替わりに、遅い夕食を摂《と》り終えた父親がビール缶を片手に隣にやってきた。

「それ、進路調査か？」

出しっぱなしにしていた週明け提出予定の進路調査票を覗き込んでくる。

「うん。でも、どういうとこがいいか悩んでて。着たい制服で決めるのもアレだし」

「部活に力入れてるとか校風とか、調べると色々出てくるぞ。特にやりたいことなくて普通科高校受けるなら成績に見合ってればいいやって考えも間違いではないけどな」

「やりたいことはあるんだよ。大きい機械の修理したい」

「昔から言ってたなあ。じゃあ工学系の大学目標にするとして、高校は理数系強いところか工業高校か——ああ、高専《こうせん》って手もあるな」

大手電力会社勤務の父親は現在は内勤《ないきん》だが、若手時代には下請《したう》け会社と共に電柱やら鉄塔やらに上って保守運転作業を行《おこな》っていた。そんな経験を聞いて育った悠紀は、工学方面に憧《あこが》れを持ち続けているのだ。

なるほど、機械修理は理数系なのかと、悠紀は進路調査票に鉛筆を走らせた。


日曜は、友也に起こされることで悠紀の一日は始まる。もう長年の習慣だ。

隣家《りんか》の北条《ほうじょう》家の母は看護師で、友也が小学校に上がる頃から土曜の夜勤が多くなった。それで、悠紀の母が北条家の人々に朝ごはんを一緒に食べるかと提案したのだ。しかし友也の父は遠慮し、勝斗と努《つとむ》は部活の休日練習で朝早いからと辞退した。結局母が「友也くんが来てくれると悠紀がちゃんと起きるから是非《ぜひ》」と押し切り、友也のみ悠紀の家で朝食をとるのが習慣となった。

「悠紀くん、おはよ」

元気な朝の挨拶《あいさつ》と共に、友也の体重でパイプベッドが軋《きし》む。うつ伏せ寝している悠紀に、布団の上から友也が跨《また》がってきたのだ。

「こら、乗るな……重いだろ」

珍しい。こういう子供っぽい行動はどちらかというと悠紀の十八番だ。もしかしたら先週プロレスごっこをしたとき、マウントをとった悠紀が脇腹をくすぐりまくったのでその意趣返しなのかもしれない。

とりあえず起き上がろう、と悠紀は腰を上げようとした。だがそれよりも先に友也がぺったりと全身でのしかかってきて、悠紀は動きを止めた。薄手の羽毛布団越し、じんわりと友也の体温を感じ、にわかに胸が落ち着かなくなる。

人の体温には比較的慣れている方だと思う。勝斗はスキンシップが激しい兄貴分でよく肩を組まれたし、それに倣《なら》った悠紀もまた、よく友也に絡《から》んでいた。少なくとも、一般的なひとりっ子よりもパーソナルスペースというやつは——授業で習った——ずっと狭い。

にもかかわらず、いきなりやってくるこの不安定さはなんなのだろう。理解できなくて悠紀は息を止める。身じろぎしなくなった悠紀の状態を、観念したとでも受け取ったのか、友也は背中に貼りついたまま悠紀の頭の両側に腕を伸ばした。まるで囲い込まれているような変な気分になる。

自分の頭のすぐ後ろに友也の吐息の気配を感じ、うなじから耳の後ろへざわざわした痺《しび》れが伝わってゆく。

くらくらする。この息苦しさはもしかしたら酸欠になっているのかもしれない。

友也はどうしてこんな幼稚園児のような行動をとるのだろうかと疑問に思った矢先、

「ねえ、これ見て！　懐かしくない？　キャット戦隊ニャニャンジャー！」

という朗《ほが》らかで健全な声が耳元に響いた。

「え……」

「まだ眠い？　ほら」

言いながら友也は、悠紀に抱きつくように回していた手の中身を見せてきた。そこには昔観ていた戦隊ヒーローの、二頭身のミニフィギュアが握られていた。

「ね……ネコブラック……？」

「そう！　昨日の夜、見つけたんだよ。机から幼稚園のときの宝物箱が出てきたの」

「へ、ぇ」

他にも悠紀と一緒に拾った丸くて大きいどんぐりや小さい巻貝が出てきたと、友也は無邪気に喜んでいる。悠紀の背中の上で。

――……まずい。なんかわかんないけど、まずい。

あの、悠紀に落ち着かなさを与えてくるときの友也ではない、昔から変わらない友也が背中に乗っているだけなのに、ざわざわした皮膚感覚は治まる気配がない。

　こうして友也に触れ続けるのはよくない。それだけはわかる。腹の奥底に湧く苛々《いらいら》は今までになく強い。けれど悠紀の反応が芳《かんば》しくないのを気にしてかトーンダウンする友也の声を聴けば、無慈悲にはねのけることもできない。

「ごめん、悠紀くん、もうこんなの興味ないよね」

「あっ、いや……ネコブラック、俺も好きだったぞ。クールキャラかと思ったらすごい寂しがりで甘えん坊なんだよな」

「だよね！　追加ヒーローのネコホワイトの方がずっと一匹狼みたいでさ」

　悠紀の相槌《あいづち》に気を良くしたのだろう友也の声が一気に明るくなる。悠紀の背にくっついていた身体が、わずかに浮いた。

　ちょうどいい。悠紀は身を起こして背中に跨る友也を自分の横へとずり落とした。わざとらしくあくびをし、「そろそろ腹減ってきたなあ」と寝起きの気怠《けだる》げな様子を見せてやる。そうすれば自分の中の焦燥《しょうそう》や困惑は気取《けど》られずに済む。

　なのに、ようやく起き上がった悠紀の肩に、友也はぺたりと寄りかかってきた。

「朝ごはん、ふわふわのオムレツにしてくれるっておばちゃん言ってたよ」

　そう言いながら、猫の子がじゃれつくように、頬を強く擦《こす》りつけてくる。

　瞬間、全身の皮膚が粟立《あわだ》った気がした。布団という緩衝材《かんしょうざい》はなく、子供特有の柔らかく弾

力のある身体がもたれかかってきている。甘えるように重みをかけてくる友也の触れた部分から、あたたかな、棘《とげ》のある柔《やわ》いものが侵入してきて根を生《は》やしていく。

——なんだ、これ……。

ギシ、と油の切れた機械のように身体が固まった。よくわからないけれどよくない、ということだけは認識できる。だからとりあえず悠紀は停止するしかなくなった。

その不自然な強張りをどう感じたのか。

友也はするりと、悠紀から身体を離した。

先ほどまでの明るかった瞳に影が差して見えるのは悠紀の目の錯覚だろうか。まだカーテンを開けていない部屋の薄暗さが、友也の顔に陰影をつけて見えたのか。

「ごめん」

小さく呟き、友也はベッドを降りた。それから部屋を出しな振り返って、オムレツ嬉しくてテンションあがっちゃった、と苦笑した。

大人びたその笑みを目にして、悠紀は根拠もなく「それは嘘だろ」と感じた。

その朝を境にして、友也はもう悠紀に触れてくることはなくなった。

嫌われてはいない。いつも通りの笑顔と人懐こさを友也は見せてくる。触れてこないだけだ。

安堵を感じつつも同時に心を寒くしながら、悠紀は漫然と日々を過ごした。

あの衝動が何だったのか、判明したのはそれからほどなくしてからだった。ＰＣ部の友人の家へ数人で遊びに行ったときのことだ。

「俺、やばい」

六畳間《ろくじょうま》の絨毯《じゅうたん》の上にパッケージのまま広げられた新味のポテトチップスをつまみながら、小さなゲーム画面で狩猟《しゅりょう》をしている最中、ひとりがぽつりと呟いた。

「回復忘れた？」

「火耐性《たいせい》忘れた？」

「解毒《げどく》忘れた？」

それぞれの携帯ゲーム機の画面に目を落としたまま、野生のドラゴン狩りに必要な物品を忘れたのかと口々に問う。しかし、ゲーム内で槍《やり》を使用している発言者はアナログスティックをくるくる回している。

「砥石《といし》忘れた……じゃなくて。ミキのこと」

唐突に出てきた隣のクラスの女子の名前に、その場の全員が「うは」と呟いてゲームパッドにかけた指を止めた。槍使いのその友人に視線を送り、ひとりが代表で問い質《ただ》す。

「ミキのことって言ってもさ、お前、沙織《さおり》ちゃんと付き合ってるからって振っただろ」

「振ったんだけど、あいつしつこくて。それで、俺……やっちゃったんだよ」

何を、とは明言されなくとも全員が理解した。途端、部屋の中は恐慌状態となった。

「うわあ」

「聞きたくねえ」

「なんでそうなんの⁉」

中学生を大きく二分するならば、悠紀の属するグループはその手の話題に距離を置くタイプだ。だから他人の恋愛的活動に興味津々《しんしん》なグループとは正反対の反応となる。槍使いの友人は本当に困惑しているらしく、まったく自慢ぶったところなどなく愚痴《ぐち》を続ける。

「だって、好きなのはさおりんって思ってるのに、なんかこう、くっついてこられると苛々？　っていうか、むかむかっていうか、すごい変な気分になって」

それで、と心底落ち込んだ顔で言葉を止めた。

全員が一瞬無言になった中、いつも空気を読まずに放言《ほうげん》する大剣使いの友人が「それってアレじゃん？　むかむかじゃなくてムラムラってやつじゃん？」と突っ込んだ。

ある意味、その天元突破《てんげんとっぱ》した空気の読めなさのおかげで、物慣れない性関係の話題で緊迫した室内の空気はぽんと弾《はじ》けた。

「ムラムラって」

双剣《そうけん》使いの友人がくくっと笑い、槍使いは「俺はムラムラしたのか……っ」と泣き笑いになった。悠紀もまた、泣き笑いで「ムラムラ」と小さく復唱《ふくしょう》した。

――それって……、俺も……？

槍使いが口にした感覚には覚えがあった。友也の眼差しに感じる落ち着かなさや、触れただけでざわめきたつ肌のこと。ただとにかく「まずい」としか考えられなかった、悩ましかったそれらすべてに、唐突な納得がもたらされた。

友也のことは、弟だと思っている。大事な大事な、守るべき弟。なのに自分は、そう——ムラムラ、したのだ。

友也がネコブラックのフィギュアを見せに来たあの日以来、悠紀に触れなくなったのは、もしや悠紀の中に巣食うやましいものを感じ取ったせいなのだろうか。

友也は小学五年生。悠紀の記憶では性関係の授業を受ける頃だ。その際、同性が対象になる場合についても触れられていた。

悠紀が今更気がついたことを、友也はあのときすでに理解していたのかもしれない。だから、距離をとった。

——うわあ。

いたたまれなさに苛《さいな》まれる悠紀をよそにいつのまにかゲーム再開の流れができ、そのままうミキには触れないまま狩りをしまくって、ＰＣ部狩猟大会はお開きとなった。

『好きなのはさおりんなのに、ミキにくっつかれてムラムラした』

肩まで風呂に浸《つ》かって、悠紀は湯気でけぶる天井を見上げる。

思春期という言葉は恥ずかしいので嫌いだけれど、その言葉で検索をかけると「思春期には姉妹など身近な異性に性的な関心を持ってしまうことがあります」との文言《もんごん》が出てきた。恋愛ではないが異性というだけで本能がその気になってしまう。友人はその本能にしてやられたのだ。

そして、悠紀はといえば――構造は同じだ。友也は弟なのにムラムラした。感情とは別の本能的な欲動があの苛立ちの原因だった。

納得だ。諸々《もろもろ》、大変、納得だ。けれど。

仰向《あおむ》けていた首から力を抜くと、かくんと勢いよく水面へ顔がぶつかり飛沫《しぶき》が跳ねた。

――身近な異性じゃなくて身近な同性なんだけど⁉

俺は同性が好きなのだろうかと自問してみるも、学校で友人たちに何かを感じることは一切ない。パーソナルスペースの狭い悠紀は誰とでもくっつくし、水泳の授業でも半裸でプロレスごっこをしているが、友也に対するようなムラムラが湧いたことはない。

ならば、小学生、が鍵なのか。小学生男児が、自分の性癖だというのだろうか。

――えええ……。

水面に伏せたまま呻《うめ》くと間抜けな泡がたくさんぼこぼこ溢れ、挙句《あげく》鼻にお湯が侵入してきて、悠紀は慌てて湯船から顔を上げた。

「こんな変態、友也のそばにいちゃ駄目だろ」

鼻の奥がお湯でツンとするまま、呟く。

先日出した進路調査票は撤回《てっかい》だ。近隣で一番理数系に強いという高校を第一志望にしたけれど、それではずっと友也のそばにいることになる。

正直、隣家でありながら勝斗や努《つとむ》が高校に入ったあとはさほど悠紀は接点を持たなかった。会えば嬉しいし話し込んだりもするけれど、ただの隣人だ。友也ともそうなれるならば進学先に問題はない。

けれど。

触れることはなくとも友也が悠紀に懐《なつ》いているのは変わりない。新作映画に誘ってくるし夏祭りだって一緒だし、年越しで夜更《ふ》かしするときなど悠紀の部屋に泊まりにくる。

「ほんとに、友也のやつ俺のこと好きすぎるからなあ……!」

浴槽《よくそう》の縁《へり》に組んだ両腕へ、ぺたりと頬をつけて呟く。言葉にするとより実感される甘ったるい困惑に、悠紀は眉を下げて苦笑した。

4

『なんで俺はこんなふうに感じるんだ?』

『友也《ともや》を弟と思っているのにもやもやするのはなんでなんだ?』

そんなはっきりしなかったものが——自分の、小学生男子への変態性欲のせいだったと判明してから、悠紀《ゆうき》は大変大変すっきりした。

意味の分からないものは怖い。はっきりしないものは苦手だ。

顔を洗う為に蛇口《じゃぐち》をひねり、冷たい水の流れをすくって顔にぶつける。そう、世の中、蛇口をひねったら水が出る、くらい単純な方がいい。原因と結果が繋《つな》がっているのはわかりやすい。

認めたくはないが自分が友也にムラムラするのは、ショタコンの変態だからだ。

びしょ濡れの顔にタオルを当て、悠紀は十五年間育ってきた家の天井を見上げた。

自分の性癖を理解してすぐ、悠紀は進路を変更した。父親に教えてもらった、高専《こうせん》——高等専門学校へと。極めて専門性の高いそれは、実家から通える距離にはひとつもない。ゆえに中学卒業後はこの土地を去り、寮へと入ることができる。

友也と、物理的に離れることができる。

そうして今日、自分はこの家を出てゆくのだ。

引き止められたら心が揺らぐからと、友也には昨日になってようやく進学先を明かした。目を見開いた友也は、なぜか俯《うつむ》きながら「ごめん」と謝った。むしろ謝るのは自分なのだけれど、友也の口から「行かないで」という言葉が出なかったことがショックで、悠紀は内心を糊塗《こと》するためにへらへら笑って「びっくりしたろ」なんて口にした。

本当は、離れることは寂しい。けれど、一生会えなくなるわけでもない。

思春期が一番この手の欲動が強いというのは以前調べて知っている。あと数年もすれば悠紀の思春期は終わるし、そもそも友也が育ってショタコン魔人の自分の対象から外れる。そうなれば、友也が自分を好きすぎでも問題などなくなる。

今日は上京し入寮手続き、一週間後に入学式だ。新たなる生活は、純粋にわくわくする。

「声出してこー！　おー！」

タオル片手にこぶしを振り上げ、悠紀は自身を鼓舞《こぶ》する声を上げた。


東京都下《とか》にある高専は、悠紀からすると大変な都会だった。何しろ新宿まで電車一本だ。新入生仲間とそんなことに驚いたり喜んだりしているうち、すぐに打ち解けられた。先輩寮生たちとも然《しか》りだ。おかげで親元を離れ友也とはメールのやり取りだけとなり、寂しさを感じもしたものの、ゴールデンウィーク前には悠紀はすっかり寮生活に馴染んでいた。

「長尾《ながお》は明日から実家帰るんだろ？」

「帰らない方が寮に慣れるかなと思ったんすけど、他の先輩たちがみんな帰った方がいいって言うんで、言うこと聞こうかなって」

「あー、たしかに帰れない事情がないなら帰省した方がいいなー。なんつーか本格的に帰れなくなってからのメンタルの強度が変わる」

寮の食堂で、夕飯の卓を共にする「みーくん先輩」が頷く。悠紀の隣室の五年生で、四月生まれだからすでにハタチである。かわいい顔をしてぞんざいな言葉遣いをする、親近感を覚える存在だ。たいてい寮生は三年になると近場の学生用アパートへと脱出するので、卒業年次である五年生まで残っているみーくん先輩は珍しい。情報工学を専攻しているのに、バイト先のバーの仕事が面白くなってしまい就職先に悩んでいるという変人である。

「事情……はなくもないんすけど」

家庭の問題ではなく自分の性癖の問題だが。

最後に会った友也を思い出すと、まだ胸はざわめく。故郷を出る悠紀を引き留める言葉はなく、それでも駅まで見送りに来てくれた。

——いつになったら会っても平気になるだろ。

あと二年、いや三年もすればさすがにもっと大きくなるだろうか。そうしたら、この変態の自分も会うことができる。育った友也を思うと、心がふわりと浮き立つ。

「お前、故郷に彼女でもいんの？」

「へっ？　えっ？　いませんよ！」

つい、目前のみーくん先輩の存在を忘れて友也のことを思い出してはいたが、自分はそんな、恋人を想うような顔をしていたのだろうか。慌てて否定すると、みーくん先輩はニヤニヤ笑って「まあタッパはあるけどまだ中学出たばっかかだもんな」と頷く。

「たっぱ、ってなんすか」

「身長。長尾、一七〇くらいあるだろ」

「一七三ですかね。もう少しいけるかと思ったけど、中三あたりで伸びなくなってきて」

「そのセリフ俺も言いたいわ」

みーくん先輩は、自分の身長ネタで笑う。一六〇センチちょいの小柄な身体なのだ。

「なあ、長尾、俺と付き合ってよ」

「え？　飯の後すか？　カリカリまん奢《おご》ってくれるならいいすよ」

「ちげーよコンビニじゃねえよ。お付き合いしよって話」

明るくあっけらかんと告げられた言葉が脳髄《のうずい》に浸透《しんとう》せず、悠紀は笑顔を張り付けたまま首を三〇度ばかり傾けた。

「長尾の顔、俺すごい好きなんだよなー。イケメンてよりは美人？　って感じで線細くてさ、そのわりにそこそこ背高いしアホだし」

「アホは余計では……？」

「そこ本質だろ！　大事！　まあさ、ワンチャン告《コク》っとくかって」

唖然《あぜん》とするしかないまま、「カミングアウトってやつはもう少し慎重にした方がいいのでは」と注意めいた言葉を口にする。しかし小さくてかわいらしくて粗雑な先輩は、

「ああ俺、いわゆるオープンゲイだから。あ、別に長尾がゲイだと思って誘ったわけじゃないんで、その気ないなら普通に断ってよ」

などと、何とも毒気を抜かれる話し振りだ。さらに周囲は「みーくんまた告ってる」となんともないように受け入れ、またある集団は「あんま深く考えなくて平気だぞー」と悠紀にアドバイスを飛ばしてくる。どうやら、みーくん先輩の周囲ではよくあることらしい。

どうしたものか。

正直、悠紀は恋愛沙汰には疎《うと》い。モテないのだ。顔はともかく性格が恋愛向きではない。もしもバレンタインというイベントが四月にあったなら大量の本命チョコをゲットできていただろうが、残念ながらそのイベントは人となりが分かりきった二月に行われるため、義理チョコ友チョコしか貰《もら》えなかった。本命にはなりえぬ、というのが女子の裁定《さいてい》らしい。

そこへきてのみーくん先輩からのこれは、初告白である。無下《むげ》に断りたくはない。というか、ショタコン魔人の自分はくくりとしてはゲイではあるのだ。

「えっと……考えさせてくださいっ？」

「いいよー！　じっくり考えて。返事はゴールデンウィーク明けくらいにヨロ！」

即決は無理、という悠紀に、みーくん先輩は明るく頷いた。

そうして、ひと月ぶりに帰省した悠紀は、自分の初めてのやらかしに頭を抱えて高専の寮へと逃げ帰ることになった。

――なぜこんな過《あやま》ちを……。

なんて悩むも理由は分かっている。油断だ。それ以外の何物でもない。

実家に住んでいた頃は常に友也の存在が頭にあって、無意識すらも悠紀自身を戒《いまし》める枷《かせ》を形成していた。だが、ほんのひと月弱、友也と離れただけで自分は解放感を得た。その結果が――自慰《じい》の最後の最後のフィニッシュで友也を思い出して達してしまうという前代未聞のやらかしとなったのだ。

友也の眼差《まなざ》しを思い出した途端、手のひらが溢れた体液で熱くなった。

――ああ！　もう！　やっぱり俺はどうしようもない変態……！

賢者《けんじゃ》モードで朝を迎え、朝食後に「やり忘れた課題があったので帰る」と実家を出た。頭を抱えたまま都内で電車を乗り換え、都下の寮に昼前に辿り着き、悠紀は荷物を置くのもとりあえず隣室のドアをノックした。

「お、なんだ長尾、帰ってくんの明日じゃ」

みーくん先輩が出てきた部屋の中には洋楽ロックが鳴り響いている。ここは地元ではない、という実感が湧き少し安堵する。それから、わりと寮の部屋って防音いいんだな、なんて感心しながら、悠紀はみーくん先輩――坂井深紘《さかいみひろ》の手を握った。

「俺、みーくん先輩と付き合います」

友也がいつか大きくなるまで会う頻度《ひんど》を落とせばいいだろう、なんて、そんな甘い考えでは駄目だ。もっと積極的に忘れなくては。そう考えたときに浮かんだのはこの、小柄で明るい先輩だった。友也より少し大きいくらいの体格のみーくん先輩なら、小学生男子が性癖な自分でもきっと大丈夫だ。

そんな打算から、手を取った。

「へ？　なに、それでわざわざ早帰りしてきたのか？　やべえ、照れるぅ」

全然重々しさのない笑い方で、深紘は「嬉しいなあ」と悠紀の裏など勘繰《かんぐ》ることなく受け入れてくれた。

「んじゃ長尾じゃなくて下の名前で呼ぼっと。なんだっけ？」

「悠紀です」

「悠紀なー。じゃ俺はセンパイ抜きのみーくんで！　みひろ、って響きちょっとかわいすぎて苦手なんだよな。言葉も敬語じゃなくていいしー、そだ、明日服買いに行こうぜ」

明るく屈託《くったく》のない深紘は、ぽんぽんとやりたいことやらせたいことを挙げていく。自分の駄目さ加減に沈み込んでいた心が浮上した気がして、悠紀は力を抜いて微笑《ほほえ》んだ。

「……はい」

「んん？　なーんかお前、失恋してきたみたいな顔してんなあ、やだなあ。ま、いいか。悠紀、ゴールデンウィーク中は食事停止票出してたろ。夕飯出してってお願いしに行こ」

「はい」

「敬語なしでいいって」

察しが良いくせ、深紘は自身にとってどうでもよさそうなものの取捨選択が早いのか、悠紀の様子が微妙なところには深く突っ込んでくることはなかった。食堂のおばちゃんに掛け合って夕食の停止を取り消してくれて、次の日には「微妙にもさい」と悠紀の服装を修正する旅に連れ出してくれた。

深紘は小柄で、けれど年上だから悠紀は心穏やかに付き合うことができた。小ささをネタにすることはあっても、悠紀に追いつけないと嘆《なげ》く真摯《しんし》な眼差しなど見せることはない。思えば深紘は勝斗《まさと》や努《つとむ》のようなものだ。小さいだけで「お兄ちゃん」だ。寮や高専周辺の悠紀が知らない服屋やカフェ、都内の電気街、それに深紘がバイトしているバーなど、悠紀の世界よりもひと回り広い世界へと連れて行ってくれたりする。勿論《もちろん》バーではソフトドリンクを飲まされるわけだけれど、本来なら片田舎にある実家に住み高校一年生をやっていたはずの自分には知り得ない世界を知るのは楽しかった。友也との連絡にちらちらと「みーくん」の名を混じらせてしまったくらい、広がる世界に浮かれていた。

みーくんについて書いたメールを友也がどんな眼差しで読むかなんてことは、絶対に想像しないようにした。

――みーくんは楽しいし、いい兄貴……じゃなくて彼氏だし。わりと甘えんぼで小さくて、だからそういうアレのときがきたら俺がその、や、やる側になるんだろうし……。

ちゃんと、深紘との付き合いをそういう形で完遂《かんすい》できれば、友也に抱いてしまう劣情《れつじょう》も、あのゴールデンウィークの夜に犯した過誤《かご》もなかったことにしていいような気がした。のに。

「……みーくん、ごめん」

案外と防音が行き届いた寮の部屋で、服を着たままで悠紀は項垂《うなだ》れていた。目の前にはやはり服をちゃんと着ている深紘。

ビールを飲んだ深紘がいつにも増して陽気になって、コーラを飲んでいた悠紀も一緒に楽しくなっていたらキスをされ――そこまで行ったらその先も、と思われたのだが。

残念ながら悠紀の悠紀はピクリとも反応しなかった。同性との付き合いはこれが初めてというわけではない、という深紘はあっけらかんとした顔で、「うん」と頷いた。

そのあまりにも普段通りの様子に安堵して、悠紀は消沈しつつ素直に心境を吐露《とろ》した。

「俺、ぜんっぜん……ムラムラしない」

「見りゃわかるっての。まあ、別にセックスばかりが人生じゃないいし。お付き合いは友達バージョンでやってこうぜ、悠紀面白いから俺ふつーにお前のこと好き」

「俺もみーくんエロくない意味で好き……」

「おう、正直でいいぞ。俺、言いたいこと言うやつは信用できる」

深紘にぽむほむ背中を叩かれ宥《なだ》められ、こうして悠紀の初交際は二週間で幕を下ろした。

素直な気持ちとして、深紘との親交が失われなかったのは嬉しい。だが、自分は性癖に負けたのだ。その業《ごう》の深さを再確認して悠紀は土下座のごとく床の上に丸まった。

「ああ……やっぱり俺はショタコンの変態魔人なんだ……」

「えっ、なに、その濃い告白」

ぶは、と酒を噴き出した深紘がゲラゲラ笑いながら尋ねてくる。

「ほれ、悩みがあんなら言ってみ。解決はできないけど」

「解決できないの」

「解決はてめえでしろ、聞くだけだ」

不可能を宣言してドヤ顔になる姿は妙に頼もしい。

たしかに悠紀の性癖が小学生男子なことなど深紘に限らず誰にも解決はできないだろう。でも、ひとりで溜め込んでおくよりもこのあっけらかんとした兄貴分に曝《さら》け出すのは心を軽くするためにとてもよい手立てと思えた。

「――……そんなわけで、俺はもう友也のそばにいちゃ駄目だと思って出てきたんだよ。なのに、なのにゴールデンウィーク、友也で、オナ……オナ……っ」

「あはぁ、そりゃあ悩むなあ。それで小さい俺と付き合ってみたと。欲情しなかったわけですが。んで、自分が小学生にしか心が動かない変態だと再確認したと」

「みーくんそういうところあからさますぎない……？」

「多少ズケズケ言った方が毒気が抜けるだろ」

歌舞伎町のバーでウェイターをしつつ、今はバーテンダーの修業を始めているという深紘の言葉はなんだか深い。言葉の軽重など実のところ悠紀はまったくわからないのだが、夜の街っぽいだけでかっこいい。

「でもお前、あれ。学校行く途中にも小学校あるけど……」

のり塩味のポテトチップスを手に深紘が呟く。たしかに高専から寮までの200メートルほどの間に小学校の通学路がある。

「ああ、なんか集団登校？　みたいなのしてて新鮮だよね。うち、友達の住んでるとこと逆側でずっと友也とふたりで登下校してたからちょっと楽しそうだな」

「……わりと集団登校面倒だぜ。気の合うやつとふたり登校なんてむしろ羨《うらや》ましーわ」

「おかげで性癖歪《ゆが》んで逃げてきたんすけど」

小学生の頃の友也を思い出してしまって恨みがましく悠紀が見つめると、深紘は肩を竦《すく》めて笑った。

結局悠紀は自分の性癖から逃れることはできなかったけれど、離れているから少なくとも友也を傷つけることはない。そもそも勉強に忙殺《ぼうさつ》され、帰省でもしない限り日常生活において友也成分は濃くならないので安心だ。

悠紀の専攻した機械工学はグループで演習を行う。機械設計、実践、評価、評価を踏まえた再設計、と段階を踏んでゆくため学校に詰めることが多くなる。他にも悠紀が希望する大型機械修理の関連企業は海外メンテナンスも多く、就職にはある程度は語学力があると有利らしく外国語の授業履修《りしゅう》も必須《ひっす》だ。すでに卒業した深紘のようにバイトに精を出す時間も、友也にムラムラする暇もない。

寮はお盆の一週間と、暮れから正月四日までは完全閉鎖《へいさ》し否応《いやおう》なくみな退寮《たいりょう》させられる。その、年に二回の帰省でだけ、友也に会う。

「全然背ぇ追い付けないいんだけど」

セミの声の響く駅のホームに迎えに来てくれた友也が、開口一番そう愚痴《ぐち》る。しょげたような悔しそうな、我《が》の強い眼差しをそっと伏せる、その表情にやはり悠紀は見惚《みと》れてしまう。じわりじわりと背を伸ばしていた友也は、悠紀が高専五年のこの夏、とうとう一七〇センチの大台に乗った。しかし高専入学後もほんのり悠紀の背は伸びているため、まだ五センチほど差があり、それが友也は悔しいようだ。

――なんでまだ駄目なんだ……？

友也の眼差しを受け流しつつひそかに悠紀は首を傾《かし》げる。離れているときは平気なのに、もう十分育ったから大丈夫だろうと思うのに、実際にリアルの友也と相対するとやっぱり駄目だ。まあ、駄目さを取り繕《つくろ》う術《すべ》も心得てはいるから、表面上は『いつも通りの悠紀くん』でいられるけれど。

「なんか、悠紀くんって東京行ってから服、かっこよくなったよね。シャツの形とか、ダボッじゃなくてピタッってなった」

「あー。みーくんによく服買いに連れていかれんだよ、まだ微妙にもさい、って……あ」

ぽろりとこぼしてしまって反省する。深紘が卒業してからはさほど会うこともないせいで、話題に挙げないようにするという気遣いが薄れてついついぽろりした。

実家方面へと向かうバスの中、隣に座った友也がすっと目を細める。その様子に、悠紀の胸がよりムラムラと落ち着かなくなる。

「みーくんって人、今も仲いいんだ？」

「まあ、うん、いい、かな？　もう卒業しちゃったし、たまに会うくらいだけど」

「もう卒業してるってことは、年上？」

「勝斗兄と同い年だな」

「へえ」

友也が小さく頷くのと同時、県道を走るバスはがくんと跳ねた。道が良くないのだ。

「悠紀くんて、兄貴っぽい人、好きだよね」

「ああ……みーくんも兄貴枠だなあ、たしかに」

納得する悠紀へ、友也が何か言いたげな顔で視線を寄越す。ただ、それを口にするよりも先にバスは自宅近くの停留所に着いた。

まるで仕切りなおすかのように、少し拗《す》ねていた眼差しを明るくして、友也は周辺にできたコンビニだのホームセンターについて教えてくれる。頷きながら悠紀は思う。

——友也が兄貴的なものに厳しいのって、自分がなりたいから、なのかも。

幼い頃からずっと一緒で仲が良くて、なのに三歳の年の差のせいで悠紀にはどんどん「友也の知らない悠紀」の部分が増えてゆく。けれど兄貴分の勝斗や深紘はそんな悠紀のことも知っているわけで、だからそれが嫌で友也は「大きくなりたい」し「悠紀の兄になりたい」のではないだろうか。

——ほんと、友也は俺のこと好きすぎ。

けれど友也の気持ちは兄を慕《した》うようなもの。自分の、小さな幼馴染に対する性癖とは違う。友也の純粋な気持ちと自分の不純な欲動に差異がありすぎて切ない。なのに友也が自分へ向ける気持ちを誇《ほこ》らしく嬉しく感じもするから、悠紀は困り眉で口元を緩《ゆる》めた。

5

「悠紀《ゆうき》くん、もう就職したんでしょ？　じゃあいつでも帰って来られるじゃない。どこかの週末でおばさんたちの顔見においでよ」

卒業後、晴れて希望の大型機械メンテナンス部がある会社へ就職した悠紀に、「ゴールデンウィークも帰って来なかったし」と友也《ともや》は電話で文句を言ってきた。

高専《こうせん》の寮には結局五年間根を下ろしていた悠紀だが、帰省しない言い訳には便利な場所だった。曰《いわ》く「寮には学生を指導する意味もあるので盆暮れ以外は帰省を許されていない」と。だから友也は、「就職して寮を出たのなら帰省できるだろう」と主張してくる。

――なんか、子供の頃に戻ったみたいだな。

悠紀のやましい気持ちがバレていたか否《いな》かはともかく、高専へと悠紀が逃亡した後、友也は「会おう」「遊ぼう」といった類《たぐい》の声掛けはしてこなかった。自分から距離をとったくせ悠紀は寂しがっていたのだが、状況が変わったのは今年の正月の帰省以降だ。

友也が働きかけてくるきっかけがあったろうか、と考えるも、実際顔を合わせたのは大晦日《おおみそか》の数十分だけである。二年参りに行くという親たちを見送り家でのんびり年跨《また》ぎの番組を見ていたら、年越し蕎麦《そば》を一緒に食べようと友也がやってきた。カウントダウンパーティーでハイになっている深紘《みひろ》と通話している最中で、慌てて電話を切った覚えがある。

まあ、きっかけは不明でも友也が昔のように懐《なつ》いてくれるのは正直嬉しいのだが……。

「ごめん……社会人って、マジ忙しい……」

自分でも驚きだ、と悠紀は入社三ヵ月目の疲労した身体をベッドに投げ出し虚《うつ》ろに笑う。

寮を出て思い知ったが、毎回の食事を考えるのは大変なのだ。朝晩飯付きの寮暮らし、当時は「昼だけは自分の好きなもの食べられるからいいよね〜」と喜んでいたが、三食の献立《こんだて》すべて決めねばならないのは正直面倒くさい。結局コンビニ弁当とカップ麺《めん》、という日が続く。さらに寮の洗濯コーナーは洗濯機と乾燥機があり干す手間などなかったけれど、自分で借りた部屋には乾燥機などない。掃除だってベッドと机しかなかった寮の部屋より格段に面倒だ。ゴミの日も決まっているし。

とにかく、就職してからやっとひとり暮らしをはじめた悠紀にとって、生活すべてが疲労の源《みなもと》となっている。さらに学生時代と決定的に違う部分――仕事がある。

最初の一ヵ月はビジネスマナー講習やら会社の沿革《えんかく》についての他、内勤《ないきん》で仕事の流れを把握《はあく》するよう命じられた。その後はメンテナンス部に配属になったわけだが、まずは取引先を覚えるため電話番、ルートメンテナンスの予定表の見方などを詰め込まれ、ようやく来月から先輩社員と実務に出ることになった。大きい機械が見られるのは心躍《おど》るがプレッシャーもある。うきうきするだけでは勤まらないと考えると夜の眠りも浅くなる。

そんなわけでゴールデンウィークに帰省を考えてはいたが実行できていない。その後の週末も心身の疲労を理由にグダグダ寝て過ごし、友也からの要請《ようせい》に至ったわけだ。

とりあえず盆には帰る、と約束する悠紀へ、友也は「大学は東京にしたから。絶対受かるから、そしたら悠紀くん、会おうね」と悠紀を喜ばせることを告げて電話を切った。

――そっか、東京来るんだ。

友也は今や悠紀より少し背が低い程度の、少年ではなく青年だ。さすがにもう会っても平気だろう。現に正月は一緒に年越し蕎麦を食べたがムラムラしなかった。

よし、生活に疲れている場合ではない。上京した友也に誇《ほこ》れるようにまずはお部屋キレイ作戦から始めることにしよう。食事に関しては見える部分ではないから改善は後回しでいい。そう気合を入れ直して生活を始めた七月の頭、悠紀はメンテナンス業務に出動となった。メンテナンス部には複数の班があり、松永《まつなが》という五十絡《がら》みのチーフと今川《いまがわ》という先輩のチームが悠紀の班だ。機械いじりを本業とする日々は厳しくも楽しく、これならば、盆にはしっかりした兄貴になれたという自信を持って友也と会える。

と思ったのに。

希望に溢れた胸は空《むな》しく、悠紀は友也と会わぬまま盆も正月も見送った。

なぜなら夏休みは仕事の都合でずれ込み九月末になり、友也は模試三昧《ざんまい》で余裕がなく、正月は拒否されたためだ。新年の挨拶《あいさつ》に北条《ほうじょう》家へ出向くと玄関先に出てきた勝斗《まさと》は言った。

「今、悠紀に会ったら緊張が切れて全滅する、っていうから会わないでやって。お前と会うのは『合格のご褒美《ほうび》』にしたいってさ」

伝えられた言葉に、悠紀は嬉しくてたまらなくなった。自分と会いたいと友也が思ってくれていて、さらにそんなことがご褒美になるだなんて、本当に友也は自分を好きすぎる。

『集中して頑張れ。東京で待ってるからな』

せめてメッセージでも送ろうと、悠紀は心を込めてスマホへ文字入力をした。

それからふた月弱が過ぎ、二月がもうすぐ終わろうという日。そわそわと仕事をし、昼休みになると同時にスマホをチェックして、悠紀は友也の合格を知った。

――やった……！

百万回おめでとうと贈りたい気分をどうにか抑えて、十回まで減らした「おめでとう」の言葉と狂喜乱舞《きょうきらんぶ》としか思えないチョイスの絵文字を悠紀は大量に送りつける。友也からは即座にレスが来た。

『東京行くねって言ったのに、二年までは神奈川だったw』

『いいじゃん、近いじゃん。代休取れそうだったら引っ越し手伝う』

『ありがと。部屋とか決まったら連絡するね』

休日出勤が多い仕事のおかげで平日代休が取りやすいのはありがたい。スマホを眺めてニヤニヤする悠紀へ、チーフの松永が「どうした、彼女でもできたのか」といつも通りのコンプラギリギリ発言をしてくる。松永はジョークはおっさんだが丁寧に仕事を教えてくれるので、悠紀はこっそり『モム爺《じい》さん若バージョン』のあだ名をつけている。

「幼馴染が大学受かったんですよ！　それで、こっち来るって」

「なんだ、その子がいるからバレンタインにチョコくれた女子たちに塩対応だったのか」

「ちが、幼馴染は男です！　から！」

社内バレンタインチョコは経費計上《けいじょう》ＯＫなただの行事と知っているくせにからかってくる

おっさんはタチが悪い。友也が男と聞いて、松永は「おっさんですまん」と笑って謝ってくる。まあ、男だから恋愛対象にならない、なんてことはないどころか、悠紀には小学生男子が対象だった過去があるわけだが。

「一年以上会ってないんで、嬉しいんすよ」

ようやく、おかしな欲にまみれていない本来の自分で友也に会える。嬉しくてやっぱり頬が緩《ゆる》む悠紀を、松永は「よかったな」と見守ってくれた。

「……え？」

三月、友也の引っ越し日に代休をゲットできた悠紀は啞然《あぜん》とした。

一年数ヵ月ぶりに会う幼馴染。もう小学生の頃のように小さくないから、ショタコン魔人である自分が顔を覗かせることはない。やっと友也と、あの落ち着かないものをポイ捨てした穏やかな心で会うことができる。

なんて。なんて思っていたのに。

待ち合わせた駅の改札で、長身で黒髪できりりとした眉の、要するに素敵なイケメンを見上げ、悠紀はぽかんとする羽目になった。

「……ええ？」

納得できずにもう一度つま先から頭のてっぺんまで見回して、怪訝《けげん》な声を上げてしまう。

きっぷ
定期券

自分と同じくらいの背の友也が来ると思っていたのに「お待たせ、ごめん迷っちゃった」とはにかみ笑いしながら現れたのは、自分より相当大きくなった友也だったのだ。

——あれ？　嘘だろ？　なんで？

雑多《ざった》に商店が立ち並ぶ駅前通りを抜け、「こっちだよ」と友也に案内されながらも悠紀の頭の中は疑問符でいっぱいだった。

「ここ、学校まで電車でも行けるけどチャリでも行けるんだよね。どっちがいいと思う？」

「チャリかな……」

「悠紀くん家《ち》まではどれくらいかかるんだろ。今日、何分くらいで来られた？」

「うち出てから一時間かかんないくらい……」

「近いねえ。実家からの三分の一くらいだね。あのね、悠紀くんに来てもらったけど家電は設置したし荷物も開けたし、実は手伝ってもらうことないんだ。だから今日は夜まで遊ぼ」

「そうだな……」

「なあに、俺の顔なんかついてる？　悠紀くん変じゃない？」

ちらちら横目で友也を窺いつつ上《うわ》の空の相槌《あいづち》を打ち続けていたら、ひょい、と友也の顔が目の前に突き出された。進行方向が、見知っているのによく知らない青年の顔で塞《ふさ》がれて悠紀は秒間百回くらいまばたきをした。

「へへっ、変じゃない、俺は変じゃないから！　変なのは友也の方だろ……っ！　……ていうか、友也なんだよな……？」

　腰を曲げて自分を覗き込むのが、本当にあのかわいかった小さかった友也なのかと不思議になってつい問いただすと、すっかり大きくなった幼馴染は一瞬きょとんとした後、「俺、育ったでしょう」とドヤ顔になった。そこでようやく悠紀は、自分の幼さを悔しがっていた友也と重なる人格を見つけ「ほんとに友也だ」と理解したのだった。

　だが、理解と納得は別物だ。

「どうしてだと思うみーくん……‼」

　駅から十分、風呂トイレ別の１Ｋで月六万というなかなかお値打ちな友也の新居で、対戦ゲームをしたり夕飯を堪能《たんのう》したりした悠紀は、途中下車して歌舞伎町《かぶきちょう》のバーのカウンターで最小限に小さい声で叫んだ。目の前には呆れた顔の深紘がいる。

「どうしてって、一年半近く会わなかったらでかくなってても変じゃないだろ」

　バーテンダーの姿で、バーテンダーらしくカクテルを作りながら、バーテンダーらしからぬ言葉遣いで深紘は悠紀をあしらう。悠紀は、そういう意味ではなく、と首を振った。

「でかいのはいいんだよ、あのうち、兄弟も親もじーちゃんばーちゃんもみんなでかいからそういう家系だし、でも一八八は大きすぎじゃないかって思うけどまあいいんだけど」

「じゃあ何が問題なんだよ。――ほい、ダージリンクーラー」

「ありがとございます。――だって俺、ショタコン魔人じゃん？　小学生男子好きの変態だから逃げてきたんじゃん？　なのにさ」

はあ、とため息をついて爽《さわ》やかな紅茶の香りの酒に口をつけ、悠紀は続けた。

「背ぇ高くって髪黒くって目付きもなんか昔みたいな『大人になりたい！』感なくなっててなんていうかヒリヒリ思春期！　みたいな感じ全然抜けちゃっててもうほんと全然小学生じゃないしなんなら俺より大人っぽいし、でもゲームなんかしてると子供のときみたいな顔になってそういうギャップがまたアレでなんかだんだん落ち着かなくなってきて」

「……要するに？」

「俺、ショタコン魔人なだけじゃなくて大人イケメンも性癖になっちゃったんだよ、どうして……!?　友也は俺のヤバ性癖製造機なのでは……!?」

「待て、冷静に考えろ。大人なイケメン好きは別にヤバい性癖ではない」

「ただのイケメンならね！　でも相手が友也なのは事案なんだよ……！」

落ち着かない、腹の底が苛つくようなこれは久々に味わうあれだ、ムラムラだ。

なんということだろうか、大人になった友也にならムラムラせずにすむはずだったのに、新たな性癖を獲得してしまった。大事な幼馴染にまたもこんな欲を向けてしまうなんて、本当にどうしたらいいのだろうか。

「……みーくん？」

ふだんなら弱り目の悠紀に対してあれこれ突っ込み祟《たた》り目を味わわせてくれる深紘が静かな

ので、悠紀はカウンターに項垂《うなだ》れていた頭をあげた。深紘は眉を寄せて目を閉じニヤつくという複雑怪奇な顔をしていた。客商売を忘れて素が出ている。

「なにその顔」

「え。あー。いや」

「もう、なに、言いたいことは言ってよ」

そう悠紀が追及したところで、カウンターに無造作に置いておいたスマホが震えた。友也からの着信だ。出ろ、と深紘に命じられるまでもなく悠紀は通話アイコンに触れる。

「悠紀くん？　今平気？　もううち着いた？」

「あ、いや、途中で電車降りて飲んでるとこ」

「ええ？　明日会社でしょ？　早く帰って寝なよ。――ひとりで飲んでるの？」

深紘が話し相手だが、飲んでいるのはひとりだ。とはいえ友也の質問意図を考えるとなんだか嘘を吐いている気になり、言葉少なに悠紀は頷いた。

「えと、まあ、うん。……俺、なんか忘れ物したっけ？」

「ううん。あのさ、悠紀くんて朝、何時に起きてるの？　俺、ひとり暮らしって初めてだから起きられるか心配でさ」

「俺はいつも六時半くらいかな。朝風呂入らないと頭爆発しちゃうからちょい早め」

「悠紀くん髪細いもんね」

猫っ毛で癖がつきやすいので寝癖直しミストでいったんはおさまるのだが、乾いてくると意図せぬところがピンと跳ねるため朝のシャンプーが必須《ひっす》なのだ。なんてことを語る悠紀に、友也の低くてちょっと甘い声が相槌を打ってくる。ほわ、と気持ちよくなる声音だ。

——ヤバい……友也って声もいいな……？

このところメッセージのやり取りばかりをしていたから、こうして声を耳元近くに聞く機会はあまりなかった。あの、黒髪で目付きの穏やかになった友也の声が、吐息までわかるほどの距離で——電話だから当たり前だ——囁いていると思うと、ざわざわと落ち着かないあれが、背すじを這い上がってくる。

「悠紀くんが起きた時間でいいから電話ちょうだい。起きられないより早起きの方がいいからさ」

「それは、モーニングコールしてってことか」

「そう！」

声だけでも朗《ほが》らかな笑顔を友也がしているのがわかる。そんな屈託《くったく》ない明るい返事にも、自分はムラムラの疼《うず》きを感じてしまっている。こんな駄目人間がモーニングコールなんてかけていいわけがない。

またも始まる自戒《じかい》人生を予感して、悠紀は「電話すると朝から話し込んで遅刻しそうだし。メッセでいいだろ。通知音で起きれる、きっと」と突き放した提案をした。

「えー。まあいいけど。確かに朝から悠紀くんと話すと夢の話とかしちゃいそうだし」

「そうだよ、友也、学校行く途中でいつも怖い夢の話してきたもんな」

「悠紀くんに話せば大抵怖くなくなるから」

「だってそれは、廃遊園地《はいゆうえんち》のサメの乗り物に襲われる夢何回も見るっていうから、百円入れなきゃ動かねえだろって教えただけじゃん」

「あれねえ。目から鱗《うろこ》だったよ」

あはは、と友也の笑い声が聞こえてくる。

「って、ほら、こうやって話しちゃうから、モーニングコールはしないからな」

「はあい。通知音わかるように沢山《たくさん》トーク送ってね。明日から予行演習しよ。よろしくね」

まだまだ話せそうな余韻《よいん》を残しつつ、友也は「遅くならないうちに帰って寝なよ」と保護者のような警告をして電話を切った。

はあ、と脱力し、悠紀は冷たいカクテルを喉《のど》に流し込む。これからは小学生時代のように友也と仲良くできると思っていたのに無理だとわかり少し悲しい。新年度からはひとりでもメンテに出られるよう教育する、と松永に予告されているから、仕事を理由に友也と会うのを最低限に抑えていくしかないだろう。

「ああ……なんだってこう、厄介《やっかい》な性癖が新発見されるかなあ」

「……性癖なあ」

電話中は離れた席の客の相手をしていた深紘が、いつのまにか戻っていた。電話がかかってくる前と同様何か言いたげだが、先ほどとは違ってにっかりと笑顔を見せてくる。

「なに、みーくん、その顔」

「いやあ。よく考えたら俺、お前のアホなところがツボだったんだよなあって思って。だから特に言うことはない」

「なんて失礼なバーテンダーでしょう」

文句を言う悠紀へ、深紘は「飲んだら帰れよ」と笑いながら憎まれ口をきいた。

結局このとき友也と約束した、朝のメッセージ送付は十日もしないうちに送り手と受け手が逆転する現象が起きた。さらに悠紀が花粉症になったり国内海外問わず出張に出るようになったり、様々な変化のある二年が過ぎたが、その間二人で会ったのは両手の指で十分足りる回数だった。

「地元に比べたらうんと近くに来たんだしたくさん会えるよ」と、事あるごと友也は連絡を寄越したものの新たな性癖が発覚した以上、積極的に逃げるべきと考えた結果だ。深紘の言う通り、小学生男子ではなく大人の男にムラムラするのは倫理的には問題ないが、友也が相手なのはいただけない。

——だってもし勝斗兄が俺にムラムラしてたりしたらショックじゃん……？

友也にとっての自分と、自分にとっての勝斗はたぶん相似《そうじ》だ。友也が今も悠紀を慕《した》うのは、第三の兄として懐いているから。だとしたら、悠紀がショックを受ける状況には友也も同様の感想を抱くはずだ。なればこそ友也が上京してからの再会後も、悠紀は「会いたい」という要請をのらりくらり躱《かわ》し続けた。

——友也は俺を好きすぎるもんな。

自分の性癖を知られたら絶対ショックを与える。そりゃあ逃げ一択にもなる。

だが逃げ続けて友也と会えないのは辛《つら》いのも現実だ。浅い考えで、大人イケメン恋人を作ればムラムラが解消でき、結果的に友也に会えるのでは、と深紘に相談してみたものの、「『お前相手じゃムラムラしない』なんて言われて心広く受け入れるのは俺くらいのもんだから。適当な男引っ掛けたら取り返しつかなくなるからやめとけ」

と真顔で止められた。たしかに悠紀には前科がある。小さい深紘と付き合ったくせまったくその気にならなかった前科が。いざそうなったときに相手にムラムラしなかったら大変申し訳ない。結局大人イケメン恋人を作る計画は潰《つい》えた——どこで相手を見繕《みつくろ》うのかすらわからなかったし。

ちなみに、試しにひとりでする際、黒髪イケメン芸能人を思い浮かべてみたがいまいち興《きょう》が乗らなかった。その上ふと思い出した成長した友也であっさりと頂《いただき》に登ってしまったため、悠紀は軽く絶望した。

まあ、友也が自分よりもうんと大きく育ったことだけは救いで、罪悪感は少なくなった。

そんなこんな、地元を、友也を離れて六年。追いかけてきた友也を躱して二年。逃避歴八年のベテランとなった悠紀は、友也からの好意を「友也は俺を好きすぎるなあ」で流すことに慣れつつあった。十代の頃のような、嬉しさに交じり込むほんのりした悲しさや切なさは昇華《しょうか》されている。そんな枯れた爺《じじい》の如《ごと》き精神をこのまま養えば、今度こそ友也と屈託なく会えるようになる、と希望を見出した矢先のことだった。

友也が同じマンションに越してくるという人生最大級のネタバレを母親にかまされたのは。

6

「隣に引っ越してきた北条友也《ほうじょうともや》です。よろしくね悠紀《ゆうき》くん」

自分の部屋の玄関先で友也が朗《ほが》らかに微笑《ほほえ》んでいる。

もしや空室となっている隣室《りんしつ》に越してくるのではと予測はしていたものの、実際本人に挨拶《あいさつ》されると衝撃は大きい。さらに、「やっといつでも会えるようになったね」、なんて性癖直撃の姿でにっこりされると破壊力は絶大だった。

「お隣同士なの、久しぶりだね。あ、これ俺の合鍵。何かあったとき用に悠紀くんに預けとくね」

「何かって」

「うーん……テキスト忘れて学校行ったとき、悠紀くんがお休みだったら持ってきてもらえる、とか」

「お前な」

思わず悠紀は、ぷっと噴き出した。ほのかにざわついていた胸が鎮《しず》まりほっとする。

小学生だとか大人イケメンだとか、友也をそうした捉《とら》え方をすること自体嫌だったのだが、こうして話すと属性だのなんだのを排しても友也といると心が浮き立つのがわかる。隣人になってしまった以上もう逃げだすことは叶わないのだから、できるだけ性的なアレを発動させず、友也との生活を楽しむべきだと覚悟を決めるしかあるまい。

「今日は悠紀くんお休みって聞いてたからお蕎麦茹《そばゆ》でて持ってきちゃった。食べれる？」

「あ、うん、腹減ってるから嬉しい。まあ上がっててくれよ、俺、着替えだけしちゃうから。冷蔵庫にお茶入ってるから勝手に飲んで——あ、椅子の上に鞄《かばん》置いてるけど床に下ろしちゃっていいから」

玄関を入った正面の部屋がダイニングキッチンで、二人掛けのテーブルが置いてある。その隣の、引き戸で隔《へだ》てられた四畳半《よじょうはん》のフローリングの部屋が寝室だ。

掃除だけはしっかりするよう習慣づけておいて本当に良かった。大人らしいちゃんとしたところが見せられるぞ、とうきうきしながら悠紀は友也を招き入れる。

「すご、片付いてるねえ」

「さすがにひとり暮らしも長いからな」

「中学の頃とは違うんだね」

鼻高々で頷く悠紀に、友也が目を細めた。

なんで微笑ましい子供見るみたいな眼差《まなざ》しなんだよ、と突っ込みたいのに、ちょっとばかりドキリとしてしまい声が出ない。やはり大人イケメンに感じるようになっているのだ。できるだけ性的なアレは考えるまいと決めたばかりなのにこれはいけない。いかんいかん、大きいイケメンに見えようともこれは俺のかわいい友也だぞ、と自分に言い聞かせ、悠紀はクローゼットのある寝室へと入った。

話ができるように引き戸を開け放したまま、パジャマ代わりのTシャツを脱いでベッドにほうる。蕎麦つゆが跳ねてもバレない黒シャツにしよう、とハンガーにかけた服を吟味《ぎんみ》していると、「このダイニングテーブルセットかっこいいなあ。池屋《いけや》で買ったの？」と、家具と生活雑貨の店の名を挙げて友也が尋ねてきた。正方形のコンパクトな三点セットで、深紘《みひろ》に連れて行ってもらった先で一目惚れして買ってきたのだ。自分のセンスを褒《ほ》められたのが嬉しくて、悠紀はシャツを吊るしたハンガーを手にダイニングへと舞い戻った。

「いいよなこれ、ちょっと赤茶っぽい木目が艶々《つやつや》してさ、しかも椅子とテーブル合わせて二万しないいんだぜ、すごくない？」

「……悠紀くん」

上半身裸ではしゃぐ悠紀へ、友也が真顔で刺すような眼差しを向けてきた。眇《すが》めた目の迫力に、背すじの産毛《うぶげ》がそわっと立つ。

蕎麦を盛った皿と麺《めん》つゆの入った器《うつわ》を、二人掛けの小さなテーブルに友也がゆっくりと置く。なぜかそんな所作に見入って動けなくなった悠紀を見つめ続け——つと、視線を悠紀の背後、寝室へと滑《すべ》らせた。

一瞬前まで何かしらの熱量を感じさせていた瞳が、情けないものを見たように寄せた眉の下で細められた。寝室に何かあったっけ、と振り向きかけ悠紀はハッとする。

本日、プラスチックごみの日。出し忘れ防止のため、前日まとめたごみ袋をベッドの足元に置いておくのが悠紀流だ。友也はそれを見つめているのだろう。

「あっ、あれは、今日ごみの日だから！　回収は一時だから今出せば間に合うから、別にごみ屋敷にしてるわけではなく」

「……そうじゃなくて」

早く服着て、と横目でじろりと悠紀をひと睨《にら》みし、友也はごみ袋の前へしゃがみ込み、じっくり眺めてから見上げてきた。

「コンビニ弁当の殻《から》ばっかりじゃない。なんかコンロきれいだなと思ったんだよね。まさか悠紀くん、ご飯全部コンビニなの？」

「え、お、おう……ちゃんと、週に二回くらいは定食とかも食べに行ってます……？」

「そういう問題じゃないよね……？」

少年漫画だったら怒りのオーラが揺らめく陽炎《かげろう》となって立ち昇っているんじゃないかというドスの利《き》いた声で、ゆらりと友也が立ち上がる。今や見上げるくらい大きくなった幼馴染は、まるで兄貴のように悠紀を——慈愛《じあい》の眼で見下ろしてきた。

「あれ？　怒ってるんじゃねえの……？」

てっきり叱られるものだと思っていた。羽織《はお》ったシャツのボタンを留めるのも忘れて悠紀はぽかんと友也を見上げた。目を細めた友也がため息をついて「これは心配っていうんだよ、悠紀くん」と呆れた声音で囁いた。眉を寄せつつも、開けっ放しだったシャツのボタンをひとつひとつ丁寧に留めてくれる。

「忙しいのは聞いてるから自炊しろとは言わないけどさ。少しは身体のこと考えてよ」

「まあ……たしかに、サラダとかはあんま食べてない、かも」

栄養バランスを考え単品を組み合わせるよりは、弁当とカップ麺《めん》、弁当とサンドイッチ、といったドカンドカンした献立《こんだて》が多い。

「夜は遅いの？」

「だいたい八時くらいかなあ」

「ふうん。じゃあ、今日から夕飯、俺のうちで食べよ」

作っておいてあげる、と友也はこともなげに言った。

「えっ。友也、ごはん作れんの⁉」

「そりゃあひとり暮らし二年もしてたんだし。むしろ悠紀くんがコンビニ飯だらけな方がすごいよね」

「それ、褒《ほ》めてる意味のすごいじゃ……」

「ありません」

「ですよね」

悠紀はへにょりと笑う。

友也に夕飯を作ってもらう。それは大変魅力的な案だ。しかし自分には、大人男子にムラムラするという新たな性癖が生まれている。我慢は試《こころ》みるがいまいち自分を信用しきれない。まあ友也はもう大学生で、万一悠紀が不埒《ふらち》な真似を試《こころ》みても余裕で一蹴《いっしゅう》できるから、そういう意味では何が何でも離れなくてはならないわけでもないが、友也と毎晩食事を共にするのはさすがに距離が近すぎる。

「えっと、食生活は気をつけるので、そこまで迷惑かけられないっていうか」

「迷惑とかは考えなくていいよ」

「う、まあ、そう言ってもらえるのは嬉しい、けど、その、仕事の都合でいきなり遅くなったりもするし。ほらコンビニ弁当でもそんなに不健康なわけでもないし、極端にデブったりやつれたりしてないだろ？」

「見た目はね」

断り文句を紡《つむ》ぎ続ける悠紀を友也が見下ろしてくる。ちょっと頑《かたく》なに拒《こば》み過ぎだろうか。避けていると悟《さと》られるのは嫌だな、と思う。自分の性癖がバレることで友也を傷つけたくないから距離を少しだけ離したいのであって、拒否を感じさせて友也を傷つけるのは本意ではない。

つらつら考え言葉が止まってしまった悠紀へ、友也は小さくため息をついた。

「やつれてなければ不健康ではない、ってことはないでしょ」

そんな呟きとともにそっと、悠紀の頬に触れてくる。

——え？

心臓がポンと跳ねた。血液というものが身体中を巡っていることを唐突に意識した。

あたたかい、大きい、手のひら。それが頬の輪郭《りんかく》に沿わされたまま、たぶん親指で、口元から顎《あご》までなぞり下ろされる。友也は何も言わず、ただ悠紀を見つめたままほんの少し、眼差しを緩《ゆる》めた。

——え、やば……。

ぎゅんぎゅんと血の巡りが一層《いっそう》速くなる。顔が熱いし頭は何も考えられなくなっている。

こうして触れるのは何年ぶりだろう。

十年。

あのネコブラックの日から友也は悠紀に触れようとはしなくなっていた。悠紀の中に巣食うやましい感情が微《かす》かにでも伝わったせいだと思っていたのだけれど。どうして今、悠紀に再び触れるようになったのだろう。

「うち来てごはん食べな。悠紀くんの好きなものたくさん作ってあげる」

ね、と言いながら、頬にかけていた手がこめかみの髪を梳《す》きあげる。口をぽかんと開けて空気の出し入れをするしかできなかった悠紀は、もう何も反論せずにこくこく頷いた。

そんなにも悠紀は動揺していたというのに、友也は何事もなかったかのようにくるりと背を向けると「お蕎麦少し伸びたかも」なんて言いながら、山盛りの蕎麦を用意したダイニングテーブルへ導いたのだった。

「長尾《ながお》が……弁当を持ってきている……？」

代休明けの翌日、悠紀と同じ松永《まつなが》班の今川《いまがわ》が、悠紀の取り出した弁当箱に目を剥《む》いた。

隣人になっても友也は朝のメッセージを送ってきて悠紀を起こしてくれたわけだが、その中に『お弁当あるから会社行く前に俺のところ寄ってね』とあったのだ。

「まさかとうとう彼女が……？」

「違います。幼馴染が隣に引っ越してきて、俺の食生活ヤバすぎって、くれたんですよ」

「幼馴染って、例の幼馴染か？　やっぱり女の子なんじゃねえか」

愛妻《あいさい》弁当持ちの松永も茶々を入れてくる。

「弁当は女子が作るって概念《がいねん》は古いですよ」

「おっさんですまん」

悠紀とのこんなやり取りはすでに松永の持ちネタと化している。まったくもうと笑いながら、悠紀は弁当箱の蓋《ふた》を開けた。コンビニ弁当には絶対入っていない大量の小松菜《こまつな》の胡麻和《ごまあ》えに、悠紀が好きな甘い卵焼きとがっつり焼肉のたれを絡《から》めた鶏肉とピーマンの炒《いた》め物。友也がたまに使っているという大きな弁当箱に、それらがみっちりと詰まっていた。

——なぜこんなに料理ができる……!?

二年もひとり暮らししていればできる、と友也は言っていたけれど、

「卵焼きめっちゃきれいに巻いてあるじゃん……二年でこれを……? 天才では……?」

焦《こ》げのない美しい黄色のまま焼かれた卵焼きを箸《はし》でつまんで、しみじみと悠紀は眺める。口からは友也を称《たた》える言葉が滔々《とうとう》と漏れてしまう。松永と今川は「長尾のそういう残念なところとてもいい」と褒《ほ》めてくれた。

「……って感じで、友也の弁当とてもうまかったです」

友也にさわられただけで息が止まってしまうような、性癖に踊らされる自分は友也に近づいてはいけないと自戒《じかい》したものの、使った弁当箱を返さないのもどうかと、悠紀はきれいに洗ったそれを持って隣室を訪れた。

返却したら帰ろうと思っていたのに、「おかえりなさい。お疲れ様」というやさしい言葉と共に漂ってくるカレーの匂いに負け、悠紀は部屋へ上がり込んでしまった。

座卓にはカレーのみならず、白いドレッシングのかかったサラダも用意されていた。友也は本気で食事改革を進める気らしい。

「そういえば、よくメッセで出張多いって言ってたよね。そういうときはどうしてたの？」

「出張先の人が名物の店連れて行ってくれるからまともな飯だな。仙台《せんだい》の牛タン宅配で送ったことあったじゃん。ああいうのとか」

「ああ！　あれ美味《おい》しかったなあ」

「あとは海外出張。何ヵ月かに一度あるんだ」

「時差が微妙だから朝のやつ要《い》らないって言ってたときだよね。どういうところ行くの？」

「基本は中国とか、あと東南アジアかな。あ、松永さんてチーフのおっさんは前にアフリカ行ったって言ってた」

ホテルから現場まで銃を担《かつ》いだ警備員が同行してくれるんだ、と話を聞いて今川とふたりで震え上がった記憶がある。

「言葉は？　英語でいいの？」

「大体英語かな。でも業務関係だと専門用語増えるし、たいてい通訳の人つけてくれるから、喋《しゃべ》るのはホテルとか空港とかくらい。あ、すこーしだけなら中国語覚えた。このマントウに肉挟んでくれーみたいなの」

「へぇえ……！　悠紀くんてすごいよね。俺も三年になったら外国語の追加履修《りしゅう》で中国語取るつもりだけど、それは習わなそう」

「友也は経済学部だっけ？　そりゃ屋台飯の注文は習わないだろ」

「まあそうだけど。でも悠紀くんは昔からやりたいことが決まっててかっこいいよ。モム爺《じい》さんみたいに大きい機械直したいって言ってたの、実現してるし」

「……よく覚えてたなあ」

友也とアニメを観《み》ては将来の夢として語っていたが、それを覚えていてあまつさえかっこいいと言ってくれるとは。嬉しくて照れくさくて悠紀はカレーをもりもり口へと運ぶ。その様子を、うっとりするような慈愛の眼差しで見つめてくる友也に「おいしい？」と尋ねられ、悠紀は空《から》の皿を突き出しお代わりを所望《しょもう》した。

——友也の大人度がマシマシで、大変心臓によくない。

カレーを温めなおす、とコンロに向かう友也の背は広い。会ったのは昨日で、こんなに長く一緒にいるのは久しぶりで、なのに違和感なく楽しく一緒にいることができて、そのくせ不意にあの落ち着かないムラムラにも襲われてしまう。なんと不安定な自分だろう。

鍋をかき混ぜる友也の肩の動きに伴《ともな》い、肩甲骨《けんこうこつ》が長袖《ながそで》Tシャツの背中に浮き出ては消える。大きくなった友也をこんなふうにまじまじ見るのは初めてかもしれない。最後に触れたときと比べ、すっかり逞《たくま》しい大人の身体つきになっている。

本当にもう、小学生じゃないんだと——そんな当たり前の事実を嚙み締めつつ、ついぼんやりと眺める悠紀の耳に、ひとりごとめいた低さの友也の声が届いた。

「悠紀くんが、明日から高専《こうせん》の寮に入る、って言ったとき、ほんとに嫌だった」

「……え」

「行かないで欲しかったけど、もう決めちゃってるならどうしようもないしなって我慢したんだよね」

そうだったのか。

出発ぎりぎりまで友也に言わなかったのは引き止められたら決心が揺らぐからだった。なのに「行かないで」という言葉がもらえなくて、自分で画策《かくさく》したことなのに悠紀はあのとき結構落ち込んだ。

けれど今、友也の内情を知ることができて、胸がそわりと浮き立った。

「い、行かない方が、よかった?」

「そりゃあ、離れたくなかったもん。でも、悠紀くんがやりたいことやるのに、大事な学校だったんだなってわかって、引き止めなくてよかったなって思ってるとこ」

はい、おかわり、と温めたカレーをよそって友也が差しだしてくれる。

「あ、ありがと……」

「いいえ。あ、カレーいっぱいあるから冷凍用もあげるね。ひとりのときとかに食べて」

「……うん」

カレーに対してだけの礼ではなかったのだけれど、友也にはきっと伝わっていないだろう。本当は引き止めたかったと教えられてあの頃の自分が救われたこと、友也から離れることを第一に考えた選択が肯定《こうてい》されたこと、今の悠紀のために大事な進学先だったと言ってもらえたこと。様々な意味での「ありがとう」は、悠紀の中でとても大事な言葉として紡《つむ》がれた。

——友也って、いいな。

悠紀を喜ばせようと心にもない話をしているようには感じられない。自然なままで悠紀を力づけてくれる。

そうだ、昔から友也といるときの自分はそうだった。年下だけれど気が合って、そばにいると嬉しい。性癖なんか関係なく、ただ一緒にいると楽しいという気持ちは、子供時代に戻ったようで快《こころよ》い。

友也が悠紀を好きすぎることをまた隠さなくなってきたから、自分の中にムラムラは未だ燻《くすぶ》るけれど、そんなものは出来るだけ無視してゆこう。友也の存在に慣れ、枯れた爺《じじい》のごとき精神を獲得する作戦を今こそ完遂《かんすい》するのだ。そんなわけで、悠紀は誘われるままに友也と時間を過ごすようになった。

7

胃が痛い。

いや、腹だろうか。痛みが胴体《どうたい》をぐるぐる巡回していて場所がよく分からない。とにかく痛い。それになんだかとても気持ちが悪い。

今日は友也《ともや》は大学でゼミがどうとか新歓がどうとかで朝から忙しく、弁当無しだった。そのためひと月ぶりくらいにコンビニカレーや、冷凍チャーハン、カップ麺《めん》などで昼と夜の食事を済ませた。どれも普通の味だったから食あたりの線は薄い、のだが。

「うえ……」

この胃がかき回されるような不快感。吐いても治らず、痛みがズンズン腹の中を掘り進んでくる。冷や汗と脂汗《あぶらあせ》のブレンドという甚《はなは》だ嫌な汗が身体をじっとり濡らす。

——き、きゅうきゅうしゃ……

これはさすがに呼んでいいやつ、とスマホを手にするも電話をかける気力がない。症状と住所と名前など告げるのだろうが、考えただけで嫌になって「うう……無理」と呻《うめ》く。

友也はもう帰っているだろうか。

友也の部屋はマンションの隣室《りんしつ》、さらに互いに寝室にしている部屋が壁を隔《へだ》てて隣ということで、最近夜は小さく壁を「ココン」と叩いて「おやすみ」の挨拶《あいさつ》に代えている。

ベッドに倒れ込んで死にかけの体で、悠紀は手を伸ばして壁に小さく合図を送った。

今はもう夜の十時過ぎ。普段なら絶対友也は在宅している時間だけれど、しばし待っても壁叩きというアナログなレスポンスはない。

二次会の最中だろうか。大変申し訳ないが、救急車だけでも呼んでもらえればと、悠紀は通話アプリの履歴《りれき》の一番上をタップした。すぐに友也の声が聞こえる。

「悠紀くん？　どうしたの？　何か買ってくものでもある？」

「ともや……きもぢわるいぃ……救急車、呼んでくれるだけでいいから、おねがい……」

「えっ⁉　今駅着いたところだから。救急車ね。呼んだらすぐ帰るから、安心して。気持ち悪いだけ？　どこか痛いとかは？」

「おなか、全部とあたま」

「わかった、十分もしたら着くからね」

焦《あせ》った声で、けれど悠紀を慮《おもんぱか》る言葉をかけた後、友也は通話を切った。

ベッドの上で転がったまま待つこと幾許《いくばく》か。サイレンが聞こえるのよりも早く、チャイムが鳴った。何度か忙《せわ》しなく鳴らされた後、今度はスマホに着信が入る。通話をどうにかタップした悠紀の耳に、「悠紀くん、大丈夫？　少しは動ける？　鍵開けて」と聞こえた。

――あー……。

そういえば、初日に友也に要求されていた合鍵を渡すのを、すっかり忘れていた。

なるほど、何かあったときのため信頼できる人に合鍵を渡しておくのはたしかに大事だ。よれよれの身体を引き摺《ず》って、悠紀はどうにか開錠《かいじょう》を果たしたのだった。


「にょうかん、けっせき」

当直医師の言葉を復唱《ふくしょう》した悠紀へ、外科がメインだという医者はにこにこ笑った。

「エコーで見たけど何もないのでもう膀胱《ぼうこう》まで流れちゃったみたいですね！　安心！　ま、もしまだ腎臓《じんぞう》に石残ってたらまた尿管《にょうかん》に落ちてきて痛くなるけど、今回の分はとりあえず流れましたってことで。でも痛いですよねこれ、僕もなったことありますけどもう、自分でおなか開けて手術したい気分になります」

「わかります、俺も自分でおなか開けられたら開けて取りたいです」

友也の母親は看護師で、その昔「外科の先生は切ればいいと思ってるから苦手」と言っていたが、普段は機械の悪い所をメンテするためにパカパカ開いている悠紀からすると、外科医の言葉は大変頷ける。通じ合うものを感じたのか、にやりと笑った当直外科医は悠紀の以前の食生活に特大の駄目出しをし、その他できるだけ水分を取って石をできにくくする&流すように、とアドバイスしてきた。

「血尿《けつにょう》出ちゃってたので抗生物質《こうせいぶっしつ》出しときますね。あとは処置室で一応痛み止めの点滴して、終わったら帰ってもらって大丈夫ですよ」

「はい、ありがとうございました」

ハイテンションな医師に頭を下げ診察室を出た先、薄暗い廊下のソファには友也が座っていた。ハッとしたように顔をあげたので、照れと申し訳なさを含んだ苦笑で「ごめん、ありがと」と悠紀は呟いた。

救急車で運ばれる途中で嘘のように痛みが引いたことから、結石ではないかと目星をつけられていたため、付き添いの友也にも心配するなとは伝えてあった。だが実際に悠紀がけろりとした顔で診察室を出たのを見て、明らかにホッとした様子だ。気恥ずかしく嬉しく、悠紀は照れ笑いをする。

「やっぱり尿管結石だって。つい最近までずっとコンビニ弁当ばっかりだったって言ったら先生納得してた」

「ほんと、悠紀くんはちょっとコンビニ弁当に偏《かたよ》り過ぎだったよ……」

腹膜炎《ふくまくえん》とかじゃなくてよかった、と脱力する友也と謝る悠紀を、診察室から出てきた看護師が点滴室へと誘導してくれた。

「ごめんな友也……明日も学校あるんだろ」

処置室の硬くて狭いベッドで横たわり、悠紀はしみじみ謝罪する。

点滴が終わったら帰ってもいいとは言われているけれど、あと三十分はかかるそうだし、その後仮精算をしてタクシーを拾って家に帰って、と細々《こまごま》とこなしていたら日が変わってしまうだろう。かといって友也を先に帰すのも、楽になったらもう用無しだ、みたいな扱いぽくて嫌だ。枕元の丸椅子に腰かけた友也を見上げると、幼馴染は悠紀を安心させるように頷いて見せた。

「明日は二限からだから気にしなくていいよ。悠紀くんこそ、もう痛くないの？」

「うん、点滴の痛み止めが効き出したのか、微妙に鈍痛《どんつう》あったのも消えてる。てか、救急車の中でいきなり痛くなくなったのがびっくりだったけど」

「あんな痛がってたのに、逆にヤバいね結石」

「なー」

ご迷惑おかけしました、と笑う悠紀に、友也が「じゃあ」と微笑みかけてくる。

「合鍵ちょうだい」

「……え？」

「悠紀くんも実感したと思うんだよね、頼れる人には合鍵を預けておくべきだと」

たしかにあの七転八倒《しちてんばっとう》の痛みの中、友也に鍵を預けていれば、と思ったのは確かだ。しかし、そんなに頼り切っていいものだろうか。

「それはでも友也には迷惑では……」

「鍵開けてくれるまで焦《じ》れてた時間の方がよっぽど精神衛生的に迷惑だったんですけど」

ツンとした声音ながらも本意は「悠紀くんが心配だった」なので、落ち着かない気分になる。見た目は大人なイケメンなのに、中身は悠紀を守ろうとしてくれていた小学生の頃から変わらない友也なのだ。やましい性癖を二重に刺激されたようなもので、胸の内側がむずむずムラムラしてしまう。おかげでつい、要《い》らない強がりが口に出た。

「と、友也は心配性だなあ。昔、努兄《つとむ》に言われたの、まだ実行してくれてるんだろ？」

「……努兄？」

怪訝《けげん》そうに友也が眉を寄せた。あれ、違うのか、と悠紀は「ほら」と回想する。

「俺が危ないことしないように友也が見張ってろみたいなこと、努兄言ってたじゃん」

もうあれは十年以上も前の話だ。

「なのに友也、だんだん俺を見張るんじゃなくて、俺を守るみたいになってさ」

かわいかったなあ、と微笑ましく語ってしまったが、現在大学三年の男子としては嬉しくなかったかもしれない。しばし無言でいた友也は、真顔で悠紀を見下ろしてきた。

「悠紀くんがそんなちょっとしたこと覚えてたなんて、驚きだよ」

「俺の記憶力が皆無《かいむ》みたいに言うなよな。しっかり覚えてるよ」

「皆無とまでは言わないけどさ。ていうか……そっか、悠紀くんから見て俺、悠紀くんをちゃんと守ってるみたいに見えてたんだ」

口元を軽く片手で覆《おお》い、友也が呟く。何気ない動作だったけれど、友也がほんのりと口角《こうかく》をあげているのが見え、悠紀は見惚《みと》れた。

——嬉しそう？　いや、誇《ほこ》らしげ、ってやつ？

姿形はすっかり大人の友也なのに、なんだか中身が小学生時代の友也と重なる。昔もこうして友也に見入ってしまったことがあったな、なんて思い返すが、いつだったろうか。

「悠紀くんて、すごい天然なのにたまにそうやって鋭《するど》くなるからなんか。かわいいよね」

「か」

そこはカッコイイでは？　そう異議を唱《とな》えようとしたのに、点滴の様子を見に看護師がやってきたため悠紀は口を噤《つぐ》まざるを得なかった。不摂生《ふせっせい》により体内で石を錬成《れんせい》し救急車で運ばれた上、付き添いの大学生に「あなたはかっこいいです」なんて言わせようとする駄目な姿をさすがに他人に見せたくはない。

「……痛いの治ったら、眠くなってきた」

悠紀の言葉に友也はただ小さく笑う。

有言実行でうとうとしだした悠紀は、自分の手があたたかな手のひらにそっと包まれたのを感じた。

——なんにもお願いしてないのに、ずっといてくれるの、嬉しいな。

先に帰れ、と言えなかったのは、薄情に思われたくないという理由以上に、単にそばにいて欲しかったからだ。

「……悠紀くん、寝た？」

今日は結構ちゃんと守れてたよね？

問いかけにしては小さすぎる声が、寝入りばなの頭にはなぜかよく染みわたる。

だから悠紀の心を読んだかのように寄り添ってくれた友也の手を、悠紀はそれと気づかれないくらいに微かな力加減で握り返した。

8

友也《ともや》は大学生だ。

悠紀《ゆうき》は大学に行ったことはないが、その講義履修《りしゅう》の様態《ようたい》で高専《こうせん》は高校というよりも大学に近いと聞いたことがある。となると大学でもきっと、研究発表をグループでしたり、人間関係を築かねばならないものもあるだろう。

けれど話を聞くに、友也は講義は勿論《もちろん》ゼミでも決められた時間に顔を出すだけ、サークル活動についても悠紀の知る範囲ではしている気配がない。友也はなんだか、自分とばかりいっしょにいる気が、悠紀はしている。

そう思う理由は、家に帰ると当たり前のように友也がいるところにある。

首尾よく悠紀の部屋の合鍵を手に入れて以来、友也は夕食を悠紀の部屋で作るようになった。友也曰《いわ》く、「疲れて帰ってきたときって隣のうちに晩ごはん食べに行く気力もなくなるでしょ」とのことで、大変よく悠紀という人間を理解している。それに、帰ってきたときに「おかえり」と迎えてもらえるのは幸せな気分になる。

実家を出て早八年、思えばかなり若い時分から自分は家族と離れていたのだ。高専の寮でも「おかえり」「ただいま」というやり取りはしていたけれど、感覚的な部分でやはり差異はある。友也の「おかえり」には奇妙なほどの安心感がある。

さらに食事のレパートリーはダブル母親仕込みとのことでなんでも美味《うま》いし、もしまた結石《けっせき》が痛んでも友也がいてくれるという安心感はあるしで、悠紀にとっていいことずくめな隣人生活――ほぼ同居に近い――なのだが。

悠紀にはとっても気になることがある。それは。

――友達いるのか、友也……⁉

杞憂《きゆう》だろうとは思いつつも、昼休みに見たスマホに『夕飯は春巻にするけど、海鮮春巻と普通の春巻とどっちがいい？』なんて送られてきているとと悠紀は心配になる。

小学生のときは家が逆方向だとか遠いとかを理由に、友也は級友そっちのけで悠紀とばかり遊んでいた。クラスに友達がたくさんいたことは知っているが、当時、学校から帰って遊ぶのは悠紀ばかりだった。

ただその後、悠紀が自身の性癖を恥じて高専に逃げ込んでから、ちゃんと学外で遊ぶ友人ができたのは、実家の母通信により確定している。母からすると自分たちはいくつになっても仲のいい幼馴染で、「友也くんの近況知りたいでしょ！」という親切心の発露《はつろ》により情報供与《きょうよ》してくれたらしい。

以上のことから、『悠紀がそばにいるとき友也は悠紀を優先する』『悠紀がいないときは他に親しい友人も作れる』となる。現在の状態は『悠紀がそばにいる』だ。ということは友也は、大学の人間との付き合いを最小限に抑え込んでしまっているのではなかろうか。

とりあえず推論《すいろん》が正しいかどうかを見極めるべく観察することにした。

平日は悠紀の帰宅に合わせて夕飯を作ってくれている。食事作りとはどのくらい時間を要するかわからないが、長くて三時間ほどとすれば夕方五時まではフリーだ。友也の自由時間は一応ある。そのときに友人と交流している、と考えることはできる。

——でもなあ。

休日出勤の代休を悠紀がいきなり取っても、友也は「講義終わったら一緒に夕飯の買い出し行こう。駅前で待ち合わせね。何食べたい？」などと約束を取り付けようとする。これはいただけない。先約があったり、講義の後にお茶に誘われたりもあるはずだ。突然休日になった幼馴染と過ごしてばかりというのはいささか不自然に思える。なにしろこれまでの三ヵ月、悠紀は平日の代休をもう十回はとっているというのに、友也はいつだってお暇だった。下手をすると「今日は休講多いから、お昼前には帰れるよ。服買いに行きたいな」なんていって、ほぼ丸一日悠紀にお付き合いしてくださることとさえあったのである。

──……俺のこと好きすぎない……？

くそ、かわいいやつ、と嬉しくなる自分はどうかしていると思うが、もし友也が本当に大学の友人よりも悠紀を優先しているとしたら諭《さと》してやるべきだという常識も一応ある。

聞いてしまっていいものだろうか。お前友達いるの、なんて。

──いやいや駄目では？

ひとりで食事するのが恥ずかしいからと、トイレでおにぎりを食べる便所飯なんて言葉が生まれている昨今《さっこん》、友達いるの？　なんてデリカシー皆無《かいむ》の質問はよくないと思う。

悠紀がそんな風に悩んでいるのをよそに、友也は今日も楽しげだ。駅前の美容室に行った帰りに買ってきたというどでかいナポレオンパイを、夕食後、コーヒーと共に出してくれた。地元にもあるチェーン店なので、味もよく知ったものだから懐かしい。

「そういや友也は髪、染めないんだな」

真っ黒な髪は友也の吊り気味の眉と心持ち垂《た》れ気味の甘いまなじりを引き締めて精悍《せいかん》にしてくれるから、色を入れない選択は支持できる。今食べているナポレオンパイの、サクサクのパイ生地とまろやかカスタードの中に出現するイチゴの甘酸《あまず》っぱさと似ている。

「勝兄《まさ》がいっぺん染めたらずっと染め続けないとプリンになるって嘆《なげ》いてるの見たからね。絶対面倒臭い、って思って」

「ああ、俺それだ。高専のときにみーくんに染めたら似合うって言われてやって、結局染めっぱなしで……」

あ。

迂闊《うかつ》にも深紘《みひろ》の名前を出してしまった。友也がスルーしてくれますように、と残りのパイに集中する振りをするも、先に食べ終わった友也が立ち上がった。普段は悠紀が食べ終わるまでは食器を片づけたりしないので、もしかして深紘のことで気を悪くしたかとどきりとする。顔に出さないようにしながら反省する悠紀の傍《かたわ》らに、友也が立った。

「……たしかに、悠紀くんは髪質柔らかいし、黒じゃない方が似合ってるよ」

「マジで？　ならよかっ」

た、の音まで口にすることはできなかった。ちょっと褒《ほ》められただけで反省を忘れ、にこにこして友也を見上げた悠紀の髪の毛が、そっとつまみ上げられたからだ。

——う……？　えっ……？

髪の毛自体には触覚はない。しかし毛根にはある。髪をつままれ、色の入り具合を確かめるように持ち上げられ眺められ、髪の根元が小さくつんと引っ張られる。そのかすかな感覚が、悠紀の心臓を揺らがせる。

やめろ、と拒否するのは出来なかった。だってまるでそんなの、友也に触れられて意識して

いるみたいじゃないか。

――いや、意識はしてるんだけど。だけど、それは内緒だし。

大人なイケメンに育った友也に胸騒ぎしているなどと知られては困る。悠紀のこの落ち着かなさはムラムラに起因《きいん》するもので、そんなものがバレたら嫌われてしまう。

「悠紀くんの髪って、なんかただの茶髪《ちゃぱつ》じゃないみたい」

「あ、えと、赤茶にならないように、三日おきに色付きシャンプーしてる、から」

途切れ途切れの返事をする悠紀へ、「いい色だね」と感心の声を上げ、友也が顔を近づけてくる。もうやだまだ吟味《ぎんみ》するんですかとばかりに拗《す》ねた上目で友也を見上げると、覗き込んでくる黒い瞳と目が合った。

ドドッと鼓動が跳ね上がった。顔にはたぶん朱《しゅ》が昇っている。間近の友也に気づかれないはずもない。気持ち悪いと思われたらどうしようか。顔が近いだけでこんなに動悸《どうき》息切れしている幼馴染をどう思うだろう。

頭ぐるぐるの悠紀の目前で、友也はなぜか目を細め、唇を引き結んだ。いったいどんな情緒でそんな表情になったのかわからなくて困惑する。ともかくもう髪の毛の話はやめたい。どうにか話題を変えなくては。

というか友也め、こんなふうに他人の髪を触るなんて距離感を考えろというのだ。まさかこの距離感のせいで友達を作れないわけじゃないだろうな、なんてつらつら頭の中で考え、

「……友也、お前、友達」

「悠紀くんさ」

ちゃんと友達いるの、と禁忌《きんき》の質問を投げかけそうになった悠紀の声に完全にかぶる形で、友也が呼び掛けてきた。

「みーくんと電話するとき、スピーカーにしない方がいいよ」

「……えっ？」

「昔、大晦日《おおみそか》にお蕎麦《そば》持って悠紀くんち行ったとき、スピーカーにして話してたでしょ」

「……あ、俺が一人で留守番してたときか？」

「あのとき、何話してたか覚えてる？」

「えーと」

中空へ目を遣《や》り回想する。

たしかあれは、悠紀が就職前、友也は高二の大晦日だ。深紘はバーのカウントダウンパーティーにいて、悠紀がテレビで除夜《じょや》の鐘《かね》を聞いていると言ったら「俺も聞きたい」とねだってきた。それで、スピーカーをオンにしてテレビの音声が聞こえるようにして――。

「『今年も悠紀は彼氏無しかよ』ってみーくんが言って、悠紀くんは『みーくんみたいに誰でもいいわけじゃないんで』って答えた」

「……あ。……あっ」

薄《う》っすら思い出して悠紀は狼狽《ろうばい》した。

深紘との通話とバレる前に慌てて切ったはずなのに、深紘の声は大きいから廊下まで響いていたのだろう。しかしよくまあ細かい言い回しまで覚えているものである。

——せめて……せめて「彼氏」じゃなくて「恋人」って言ってよ、みーくん……！

深紘はオープンゲイで、そんな深紘と長い付き合いの悠紀もまた、恋人の「彼氏」呼びに忌《き》避感《ひかん》はない。おかげで悠紀の性対象が男だとバレてしまった。まあ小学生男児が性癖だったという一番気持ち悪い部分は知られずに済んだからいいとすべきかもしれないが。

「……ん？　でも、あの後って……」

友也は、ゲイだとわかった悠紀を忌避することはなかった。むしろ、帰省しろとか会おうとか、ちょっとばかり疎遠《そえん》だった距離を縮めにかかってきていた気がする。

「悠紀くんもそうなんだ、ってわかって嬉しかった」

「え」

「聞いたのが俺で良かったね」

「っえ……え？」

深紘との会話——「彼氏」無しをからかわれる性指向と悟《さと》られた。そこからの、

——「悠紀くんもそうなんだ」……？

それはどんな意味になるのかといえば、そういうこと、なのだろう。

なのだろう、けれど。わかっていながらも衝撃の事実に頭がついていかない。そんな悠紀を、友也は真摯《しんし》な表情で見下ろしてきた。

「悠紀くんは……俺を」

「う、うん？」

「俺──……、……には、隠し事とかしなくて、いいから」

「あ……は、はい」

何かを言い淀《よど》んだ風情《ふぜい》を醸《かも》しつつも、友也は最後まで言い切ると、はふ、と息をついた。眼差しをそっと横に流して、黒髪を額《ひたい》から大きくかき上げる。その仕草に大人の色気を感じ、悠紀はつい見惚《みと》れる。次の瞬間ハッとして、心の中で気付けのビンタをかました。

しかし正気に戻っても友也のカミングアウトに対して気の利《き》いたことは何も言えない。そのうちに友也は、悠紀の分のケーキ皿も流しに下げ、洗い始めた。

自分の頭が熱に浮かされたようにぽわぽわして、微熱を持っているような状態になっている。このまま無言でいたら、友也は「おやすみ」だけ告げて帰ってしまう予感がする。

何か、くそどうでもいいことを言おう、と悠紀は立ち上がった。友也がどんなつもりで告白したかわからないけれど、部屋にみっちり真綿を詰めたような、こんな柔らかな息苦しさは解消したい。

「えっと。俺、明日はコロッケ食べたいなー」

流し台近くの壁に寄りかかって、悠紀は明日の夕飯のリクエストをしてみた。これで、明日も会いたいと暗に伝えることができたはず。たぶん友也がこうして喋らずいるのは、自身の秘密の開示以上に、ひそかに悠紀の秘密を摑んでいたのを気に病《や》んでいるからだ。

悠紀が知られたくないのは、小学生男児が性癖なこと。大人イケメンもいつのまにか属性になってしまったが、そのせいで友也にまたもムラムラしてしまうこと。そこさえ知られていなければゲイバレ自体は問題ないし、友也がそうだったとしてもこれまた無問題だ。

そんな姿勢は伝わったのか、夕飯リクに友也はふはっと、思わずといったように笑った。

「わかった、コロッケね。ついでにメンチも作って、そっちは次の日のお弁当に入れてあげる」

「やった。メンチも好き」

嬉しいことがあれば直前の空気などすぐに忘れられるのは悠紀の特技だ。メンチ弁当に気分が上がって満面の笑みを浮かべると、友也も笑顔になった。

「じゃあ、揚《あ》げたて食べてもらいたいから、明日駅着いたら連絡入れて」

「おっけー！　あ、パン屋開いてたらパン買ってくる。コロッケサンドもしたい」

「ソースにたっぷり浸《ひた》したやつ挟むと最高だよね」

想像だけで口の中にじゅわっとうまみが広がるようなことを言い、友也は「また明日ね」と別れの言葉を口にした。

すっかりいつも通りの雰囲気の中、１ＤＫの短い廊下から玄関先へと悠紀はお見送りに行く。

けれど、「おやすみ」とこれまたいつも通りの挨拶《あいさつ》を紡《つむ》ぎながら友也は、悠紀の髪をそっと梳《す》き、頭を撫でるという今まで一度もしたことのない行動をした。

「……え？　ええ？」

狼狽する悠紀をよそに友也はさっさとドアを出た。

せっかく幼馴染同士の空気感で終わった部屋に、妙な熱気が戻ってきた気がして、悠紀は洗面所に飛び込みざばざばと顔を洗った。

あのびっくりカミングアウトの翌日、友也は約束通りコロッケを作ってくれたしメンチもお弁当に入れてくれた。互いの性指向を確認し合ったとは思えない、ごくごくまろやかな数日間が過ぎた。

——友也が俺の頭をなぜかナデナデするようになったけど……。

ドギマギするがムラムラとも何か違うのでされるがままだ。

ただ友也の真意はまったくわからない。

「カミングアウトってどういうときにするの……？　みーくんわかる……？」

とうとう我慢できなくなって悠紀は週末、深紘の勤めるバーへとやってきた。珍しく仕事が早目に上がれたこともあり、店内にはまだ客はほとんどいない。

「オープンゲイの俺がカミングアウト時の繊細《せんさい》な心の動きについてなんてわかるかよ」

「ですよねー」

帰ったら友也と食事をするので、酒ではなくジンジャーエールを口にして、悠紀はぐたぐだとカウンターにほどける。深紘はそれを見下ろしてきて思案顔になった。

「でもまあ、なんか別のことで考えるとさ。例えば日曜朝の女児《じょじ》向けアニメが好きだと仮定して、モリキュアグッズ持ってるのがバレたときに『俺もモリキュア見てます、オタクです』って先制で告白されたら心穏やかになるじゃん？　そういうお気遣いによるカミングアウトでは、という気がしなくもない」

「みーくんモリキュア好きなの？　意外」

「俺じゃねえわ、今付き合ってるのが健全女児アニメオタクなだけ」

「珍しく告白されて付き合ったんだっけ？　人生を謳歌《おうか》してるなあ、みーくんも彼氏さんも……。まあ仲間だから安心して、って意味のゲイカミングアウトってのは納得だけど、どうしていきなり？ってのが謎でさ。俺、別にゲイ的なグッズ持ってないんだけど」

ゲイ的なグッズ。自分で言っておきながらよくわからない。専用グッズなどあるのだろうか。

実は小学生男児にムラムラするという恐ろしい性癖が発覚して以来、悠紀は性関係の事柄からできるだけ遠ざかるよう心掛けていた。だからグッズなどまったくわからず、ひとりでなさるときも自分の手が大活躍だ。

「あれ、そっか、お前大人イケメン属性もゲットしちゃったとか言ってたわりにあの後も彼氏作ったりしてなかったんだっけな」

「ムラムラしなかったらどうすんだってみーくんに注意されたしね」

「あーね。そりゃね。やる気満々になってるのにストップ出されたら男は萎《な》えるどころか怒り出すだろうし。……ん？　そういや悠紀ってタチネコどっちなんだ？」

「う」

恋人が今までいたことがない人間になんという質問を投げかけてくるのだろう。それを答えるには、自慰《じい》の最中の妄想を開示しなくてはならないのでは。だがその妄想も、挿入したいされたいといったタチネコが判明するところまでは発展していない。

「……俺ってどっちなのかよくわかんなくて」

「うーん。俺は細い美人系のタチが好きだから、あの頃おまえにタチ役期待してたけど……ていうか自分でわかんないのかよ」

「友也には相変わらずムラムラするよ。するけどさ。その先を考えたくない」

悠紀の自戒《じかい》を聞いて、深紘は「はあん」と呆れたような気の抜けた声をあげた。

「それさあ、ズバリ聞くけどトモヤくんが恋愛対象にはなんねえの？　もう小学生じゃねえし、お前の大人イケメン属性にぴったりだし、ちゃんとムラムラするんだろ」

「それは……それは、駄目でしょ⁉」

「駄目かねえ」

ともなげに言う深紘に、悠紀はぶんぶん頭を振る。

「だって、赤ん坊のころから知ってて、小学生のときとかすごいくっついてたりとかして、そんな相手をエロ対象にしちゃったら、こう。清らかな思い出全部がエロっぽい何かに変わっちゃいそうで嫌だし」

「あーん。幼馴染ってのも難儀だねえ」

「みーくんはそういう幼馴染いない？」

「付き合いが続いてる幼馴染はいないな。ほら、子供の頃って近くに住んでるから遊ぶだけで、性格とか趣味とか合うわけじゃないじゃん。お前だってトモヤくんの兄貴たちとはそこまで仲良くないんだろ」

「仲良くないっていうか、連絡取り合って会うとかはないかなあ。そういう意味では、やっぱり友也が俺を好きすぎるのが良くないと思うんだよね……」

しみじみと呟いた言葉を聞いて、深紘がぐふっと肩を震わせた。店員らしからぬ爆笑をしそうになって危ういところで口の中に留めたらしい。

「もう、なんなんだよお前のそのトモヤくんに圧倒的に愛されてる自信」

面白すぎるわ、と深紘はくすくす笑う。

「まあでもそっか。なんだっけ、トモヤくんのカミングアウト、お前が髪さわられてウワーッてなってるときだったんだろ」

「ウワー……まあ、うん」

友也の唐突なカミングアウト前に何があったのか、深紘に経緯《けいい》を説明した際、髪に触れられ間近に友也の顔があって、心臓ばくばくで赤面したことも告げてあった。

「男にさわられて赤くなるなんてキモって思われたらどうしよ、って焦《あせ》ったんだろ。でもそこで『あなたゲイですよね、わかってます。ゲイなら同性にさわられたらドキドキしちゃいますよね。あ、僕もゲイだからその気持ちわかります。安心してください』って言われたらホッとするじゃん？　トモヤくんがいきなりカミングアウトした理由、それかもなーってちょっと思った」

「えっ……それ納得……！　ヤバい、俺の幼馴染優秀過ぎない……？」

「お前はポンコツなのにな」

「失礼なバーテンダーがいる店はここですか」

深紘の考察で一気に心が軽くなり、口も滑りが良くなった。笑いながら文句を言う悠紀に、深紘も笑う。

「お前がポンコツなのって、ムラムラとか言ってるせいもあると思うんだよな。ムラムラじゃなくてドキドキじゃねえの？」

「ええ……？　こう、顔が近かったりすると落ち着かなくなって、胸やけみたいなのがするっていうのはムラムラじゃないの？」

中学の頃に、自分の落ち着かなさの原因はムラムラのせいだったという天啓《てんけい》を得てから、ずっとムラムラと言い習わしてきたので今さら別の表現をするのもな、と思う。大体ムラムラはフィジカル優位だが、ドキドキではメンタル優位になってしまう。

――友也にドキドキする、って、なんか……ムラムラより駄目だろ?

ムラムラならば、友也が持つ属性に中《あ》てられたせいだと思えるけれど、ドキドキは、恋だ。本能ではない、気持ちの入ったムラムラを恋と呼ぶのなら、幼馴染に恋をするのは深紘にさっきも言った通り、清らかな時代が全部ひっくり返る気がしてやっぱり嫌だった。

9

わりと自分は迂闊《うかつ》だな、というのは、わかっていたけれどわかりきってはいなかった。

一時間ばかりノンアルコールで深紘《みひろ》を相手に管《くだ》を巻いた後、すっきりした気分で悠紀《ゆうき》は帰途《きと》についた。その、駅までの途上、冷やして食べる生クリームどら焼きなんてものを見つけうっきうきで購入した。友也《ともや》と食べたもっちり小倉《おぐら》生クリーム入りどらやきはたいそう美味《おい》しくて当たりだった。

問題は、そういうとき友也は店を検索するのだと失念していたところにある。

「へえ、あのどら焼き、新宿で売ってるんだ」

スマホを眺めて友也が言う。みなまでは言わない。言わないが、「悠紀くんて会社からの帰り道、新宿でわざわざ降りないよね」が含まれている。そして近くには深紘の職場があると知っていると、言外に織り込まれている気がする。

別に深紘とやましい関係ではないから会ったと把握《はあく》されたところで問題はない。ないが、仕事が早く終わったのに深紘の店に寄り、何食わぬ顔で普段通りの時間に帰宅した後ろめたさはビシビシ刺激される。おかげでつい「いやあちょっと、用事があって」などと濁《にご》しまくった言い訳をすることになる。

――みーくん話は地雷《じらい》ってわかってたから内緒にしてただけなんだけどなあ。

それが裏目に出たわけだ。まあこんなことでぎくしゃくする関係ではないから、さほど気にすることはないのだけれど迂闊《うかつ》さを反省する材料にはなった。

それより深紘がおかしなことを言うから、考えることが増えてしまった。ムラムラとドキドキの分別なんて難しい命題を放り込んでくるのはやめてほしい。

夕飯の和風ソースハンバーグを食べ、しみじみ思う。実家同士の付き合いも密だったから、悠紀にとっての「母の味」はお隣北条《ほうじょう》家の味も含まれ、友也もまた然《しか》りだ。おふくろの味が同じだなんてそりゃあもう兄弟と言っていい。そんな仲へ、恋愛感情はないのか、なんてぶち込んでくる深紘には本当に困る。

「友也のハンバーグ、おばさんが作るやつと味おんなじ」

大根おろしの瑞々《みずみず》しい辛《から》みと醤油《しょうゆ》ダレの甘じょっぱさに舌鼓《したつづみ》を打つ悠紀へ、深紘のことは脇に置いたらしい友也が嬉しそうに頷く。

「今日ちょっと暑かったし、さっぱりいきたかったんだよね。お弁当は悠紀くんちっぽくデミグラスにするよ」

「ありがと、あれも好き」

「よかった。でも、悠紀くんこんなハンバーグ好きだったっけ？　先週外で食べよってなった時もハンバーグのお店検索してたし」

「あれはさ、今川《いまがわ》さんがツナギ入ってないビーフ100％ハンバーグの店がすっごいうまかったって言うから、俺も俺も！　ってなって」

「今川さんて同じチームの人だよね？」

「うん、十歳くらい年上の人。最近婚活始めておいしいところ探索中なんだってさ。飯おいしいのって重要ですよねって同意したら、俺の弁当いつもうまそう、って褒《ほ》めてた」

「恥ずかしいからあんまり見せないでよ。でも、会社の人と仲良さそうなのはいいよね」

「うん、そだな。年齢結構違うけどちゃんと話聞いてくれるし面白いし、いい感じ」

つい先日、緊急メンテで行った先の工場の設備が古すぎて持ち込んだ部品が合わずに作業が滞《とどこお》った。幸い支店に在庫があったのだが、その到着を待っているとパートさんたちの帰宅時間になってしまい生産が間に合わなくなるという。そこで、原因である部品のヒビを、アルミとハンダで応急処置して時間稼《かせ》ぎできないかと悠紀が提案したところ、松永《まつなが》が悠紀の案をさらに発展させ強度マシマシにして処置を施《ほどこ》してくれた。

「……ってわけでさ、松永さんさすがベテランだよなって感じで、俺の中ではモム爺《じい》さん若バージョンなわけ」

「応急処置の発案は悠紀くんなんでしょ？」

「おう。それをさ、黙殺《もくさつ》しないで取り入れてさらに良くするところに痺《しび》れる憧《あこが》れるぅ」

そこそこの年数組んだことで、松永への信頼は増大している。忌憚《きたん》なく褒《ほ》めそやし、悠紀はハっとした。そういえば昔は友也は、悠紀が知り合いの話をするのを嫌がっていた。今川の話も松永を褒めたのも不満に思っているのではないかと窺うも、友也はにこにこしている。松永は兄貴分ではなくてモム爺さん枠《わく》だからいいのだろうか。じゃあ今川は？　なんて思っていると、

「悠紀くんが楽しそうに働いてるの見るの、俺は好きだな」

「あ、おう……」

兄貴がどうのモム爺さんがどうのと考えていた自分が恥ずかしくなるくらい、邪気《じゃき》無く微笑む友也の眼差《まなざ》しが甘くて落ち着かなくなる。

悠紀の仕事はそこそこ高度だし、大型機械なので危険物でもあるし、細かい計算や海外出張もあるのだけれど、いわゆる作業服系なことに変わりないから、中学時代の友人に「どうして

またそっち方面に」ともったいない呼ばわりされることがある。子供のころからやりたかった仕事をして、忙しくとも疲れようとも楽しくやっているのに「それでいいの」扱いをされるのは納得いかなかった。

けれど友也は悠紀の仕事を尊重《そんちょう》してくれる。もちろん家族も北条家の人々もみんな悠紀の仕事に理解があるが、友也がわかってくれているのが悠紀の胸に、一番響く。

——俺の幼馴染、いいやつ。

誇《ほこ》らしい気持ちでにやけそうだ。こんなよくできた友也が、自分と一緒にいてくれることが嬉しくてたまらない。友達を大事にしろよ、と兄貴ぶった考えも浮かぶのに、友也に優先されることに確実に喜びを覚えている。こんなことでは先々、もしも友也が結婚なんかするようになったら自分は萎《しお》れて死んでしまうのではないだろうか。

——あ。

結婚は、しないのか。

今川から婚活パーティでの顛末《てんまつ》を聞いた後だったのでつい、将来とは結婚のことであると短絡的に結び付けてしまったが——友也はゲイだったとふと思い出し、どきりとした。

結婚はともかく、こんなにかっこよくて察しが良くて性格もいい人間に、恋人がいないなんてことあるだろうか、と。

ぐきゅ、と喉《のど》から変な音がした。

「悠紀くん？　喉つっかえた？　麦茶飲む？」

「んぇ」

心配されて反射的に声を上げたら、またも短い変な音になった。慌てて恋人妄想を打ち消し、頭をフル回転させて話題を探す。

「あ、えと、来月……っていってもあと二週間くらい先かな？　俺、ちょっと海外出張出ることになっちゃって」

「そうなの？　結構急に決まるんだねえ。どこ？　前は台湾《たいわん》だっけ」

「それが今回はさあ」

アフリカの中央部の国名を出すと友也は眉をひそめた。

「そこって」

「そー。前に松永さんが行ったとき、銃持った警備員がついたとこ」

以前、「怖いよなあ」なんて話題に出していた土地に自分が行くことになってしまった。

「まあ、いいホテル取ってくれるらしいし、通訳と警備も付けてくれるし」

「……行くなとは言えないから言わないよ。どのくらいで帰ってくんの？」

「んーと、乗り継ぎなんかで結構かかるらしくて、一週間の出張なのに向こうで実際作業すんのは四日、みたいな。こっちで昼過ぎまで仕事して空港行って、次の日の朝に向こう着くスケジュールらしい」

「ええ……会社員って過酷……。あ、飛行機でちゃんと水飲んでよ」

せっかく食事改善してるんだから水分不足は自分で気をつけろと、友也は悠紀の腹の石まで心配してくれる。あまりに心労を与えるのも申し訳なくて、

「まあなんだかんだ言って治安は大丈夫だろ。ごはんについては俺を信頼してくれ」

と悠紀は親指を立てた。友也は余計に眉をひそめ、「そこがほんとに心配なんだけどなあ」と失礼なコメントを寄越したのだった。


そんなわけで、友也と自分の不安を低減させるため、機会を見て松永に出張先の様子を詳しく聞こうと思っていた矢先、魚心《うおごころ》あれば水心。どうやら向こうも色々教えてくれるつもりだったようで、松永は珍しく「週明けの火曜あたり、時間あるなら飲むか」と誘ってくれた。当日いきなりではなく前もって言ってくれるあたりに気遣いを感じる。

「ってわけで、来週の火曜は夕飯要《い》らないから、ごめんな」

メッセージでも送っておいたが、夕飯時にも直接謝ると友也はにっこりと笑って「了解」と承《う》けた。だがその笑顔がちょっと不穏だ。悠紀の冴えない勘がここぞとばかりに告げてくる。

――みーくんに会うと疑われてる……？

この間、そこそこ早く上がれた日に何も言わず深紘のバーに寄って来たことがバレたせいで、ちょっとだけ悠紀の信用は落ちた。とはいえ今回は本当に深紘は関係ないわけで、友也の疑惑

には気づかないふりでスルーだ。

「あ、友也もたまには友達と飲むとかどうだよ。せっかくハタチ越えてるのに、俺、お前が酒飲んでるの見たことない。……てか、飲めるのか？」

「一応ね。前のうちに住んでるとき、誕生日に友達が来て酒盛りされたよ」

「へ……へええ」

自分で話を振っておきながら相槌《あいづち》がぎこちなくなってしまった。

友也が。あの小さかった友也がもう、酒を飲めるようになるまでに成長している。そんな衝撃を受けたのだと思った。

「そうだ、週末は旅行で使うアイテムでも買いに行かない？　アイマスクとか耳栓《みみせん》とかあった方がいいんじゃない？　もう持ってるかな」

「あ……布のはあるけど、ポカポカする蒸気のやつ欲しい。ドラッグストアで売ってるの」

友也が話題を変えたのに乗っかって、悠紀はよくわからない衝撃から目を逸《そ》らした。

すぐに週末はやってきて、買い物を滞《とどこお》りなく済ませた後は、ふたりで出張先の国の逸話《いつわ》を調べて「下手なホラー映画よりも怖い」と自《みずか》ら心胆《しんたん》を寒からしめて過ごすうち、松永との約束の火曜はやってきた。

後学《こうがく》のために自分も参加する、と今川も混ざった飲み会は、週の前半にしては大変盛り上がり――出張先でのＮＧ行動や、疲れるから代休は帰国翌日にすぐ取れという松永の忠告より、今川の婚活事情の方に詳しくなった――帰ったのは夜の十一時を回っていた。

朝風呂派で良かった、と服を脱ぎ散らかしパジャマに着替えてベッドに倒れ込む。友也に一応帰宅を知らせようと、壁を小さくココンと叩いて「おやすみ」を送ると、なぜかレスポンスはスマホに来た。

『ごめん、友達泊まることになった』

『朝早くに帰るっていうから、お弁当は作れるからね。いつもの時間に取りに来てね』

『おやすみ』

こちらからもおやすみと返信し、悠紀はスマホをヘッドボードにぞんざいに置いた。

――今、友達といるんだ。

へえ、と思う。まだ電車はあるのに泊まっていく程度に仲のいい友達がちゃんといるのだな、と思う。

仰向《あおむ》けた胸の上に、もやもやが乗っかった気がして悠紀は横向きになった。

何人来ているのだろう。壁越しに会話は聞こえてこないから、静かな友人たちなのだろうか。まあ友也の友人がパリピとは思えないので、きっと穏やかで理知的な友人たちなのだろう。もう夜も遅いし大騒ぎしない良識がある人々なのだ。もしくは。

来ているのは「友人たち」ではなくて「友人」。ひとりだけ、という可能性。

今度は横臥《おうが》して丸まった腹にもやもやが滑《すべ》り込んできた。

友人というなら男だろう。泊まっていかせるほど近しい友人。友也の人当たりの良さならいてもおかしくはない。でも、友也はゲイだ。

――男の友達でも、絶対的に友達とは限らないんだよな。

はあああ、と長く低い息をついて、悠紀はサラサラ生地タオルケットを頭からかぶった。

10

『おはよ。今から友達駅まで送ってくるね』

『今日は午後から雨の確率高いって』

『おべんとあるから忘れないで来てね』

いつも通りの朝の通知で悠紀《ゆうき》は目覚めた。なぜかほんのり自分のテンションが低い気がして、少し寝ぼけた頭をなんでだろうと傾《かし》げる。いつもならすぐに解除する、自分で設定したアラームが鳴り始めてしまってようやく、友也《ともや》の送ってきた文章の中に存在する『友達』に気を取られていたことに気がついた。

これは面倒くさい。自分という人間が面倒くさい。わけわからん、と起き上がり、「風呂入ろ」とわざとひとりごとを言った。気分が落ちているときはなんでもいいから口に出す。特にこれからする行動を言うのが有効だ。声を出すとそれだけで結構メンタルは上を向く。

そうやって己を鼓舞《こぶ》し朝のひとっ風呂でさっぱりして、悠紀はすっかり友也の友達の存在を意識の外に追いやって隣室《りんしつ》へ赴《おもむ》いた。

「おはよ友也」

「おはよ悠紀くん。朝ごはん、のりおかかおにぎりあるけど時間平気なら食べてく?」

「マジで? 五分くらいなら余裕あるから一個食べてっちゃおうかなー」

うきうきと悠紀は玄関先にカバンを置いて上がり込んだ。友也の独自レシピのおにぎりは、ちぎった海苔《のり》とおかか、白ゴマにごま油に出汁《だし》と醤油《しょうゆ》が混ざった特製なのだ。鼻歌を奏《かな》でる寸前まで浮かれてダイニングまで上がり込んで、悠紀は動きを止めた。

友也は悠紀と違ってダイニングにはローテーブルを置いている。実家の居間がちゃぶ台なのに慣れているからだそうだ。そのローテーブルの上にはおにぎりの皿が載っている。

だが悠紀の視線は皿を通り越して、床に並んだ何本ものビール缶と、テーブル端にあるまだ片づけられていないコンビニツマミの空《から》パッケージに向いていた。

——そうだ、友達来てたんだ。

忘れっぽい性格はよくない。失念していたせいで、本来衝撃として感じなくてよいような事柄を、カウンターで食らってしまう。

友也の部屋に人が来て、そこそこ酒を飲んだらしい痕跡《こんせき》があった。ただそれだけ。自分だって、高専《こうせん》時代の友達と宅飲みしたことがあるし、電車を逃して深紘《みひろ》の家に泊まったこともある。

なのにこんなにちくちくした嫌な気分が湧いているのは、心構えを忘れたせいだ。

「悠紀くん？」

空き缶を眺めたまま停止していた悠紀に、友也が呼び掛けてくる。悠紀が固まっていると気づいていないような、いつも通りの声。なぜかそんなことにチリっと苛立《いらだ》ちを感じてしまう。どうしよう。自分でもわからないもやもやを説明するのは無理そうだ。八つ当たりもしたくない。だから悠紀は意識して眉を上げた。明るい瞳を作り、感情に則したら灰色になってしまいそうな声に彩度を与える。

「お前、一体何本飲んだんだよー。知ってるか？　いきなり酒って限界来るんだぞ、危ないから試しに今度俺と」

飲もう、と言いかけ悠紀は口を噤《つぐ》んだ。

なんだ、といきなり腑《ふ》に落ちたのだ。

もやもやしたのは、自分だって友也と飲んだことなどないのに、泊まりがけで飲酒するような友達――本当に友達なのか――が友也にいたことが気に入らなかったのだ。

「悠紀くん、どうしたの？　心配かけた？　まあ昨日は結構飲んじゃったかも。たしかに限界まで飲んだことってないから、そうだ、今度の休みの日に付き合ってよ」

「あ、いや……」

わざと明るく語ろうとして失敗したせいで友也に不審に思われてしまったようだ。えへへ、と愛想笑いをしながら悠紀は自分に言い聞かせる。

——友也は俺のもんじゃないっての。

友也が俺を好きすぎるからってその好意に胡坐《あぐら》をかきすぎだ。友也は、悠紀の所有物ではない。

友也が俺を好きなのはあくまで三番目の兄として。そばにいるならばそれは肝《きも》に銘《めい》じなくてはならない。年上の身内の説教なんて面倒なだけだと、帰省の際に父の晩酌《ばんしゃく》に付き合って身に染みているではないか。

「……いや、よく考えたら俺みたいな兄貴と飲むより友達と飲む方が楽しいよな。——あっ、もしかして一緒に飲んでたのって恋人か？　なら、突っ込んで悪かったっていうか」

喋《しゃべ》りながら考える悪癖のせいで、頭に浮かんだ言葉が口からこぼれる。友達ではなく恋人では、と気にしていたのがうっかり口をついた。自分の迂闊さにがっくりして語尾がフェードアウトする。だがその消えかけの言葉に被《かぶ》せるように、友也が強い口調で告げた。

「いないよ」

「へ」

「恋人なんているわけないじゃん」

「そ、なの？　だって俺の友也がモテないはずないんだけど」

「……モテることと恋人がいることは別なんだけど」

友也の目が鋭《するど》く剣呑《けんのん》な光を宿している。本当に自分はバカだ。恋人の有無《うむ》など誰に訊かれても嫌なことではないか。兄貴分に訊かれたってやっぱり嫌だろう。

「えっと、突っ込み過ぎたな、ごめん」

言葉は軽くとも真面目に謝りながらも、悠紀は自分の胸からあのもやもやがすっかり抜けているのに気がついた。友也に恋人がいないことを喜ぶ自分は性格が悪いのかもしれないけれど、無理して明るく見せようとしていた顔から力が抜けた。

しかしそんな悠紀に反して友也は目を尖《とが》らせている。その険《けん》のある眼差《まなざ》しは久しぶりだ。背すじに走る何かに胸が掻《か》き立てられてしまう。この苛立ちに似た落ち着かなさは、危ない。

まずいまずい、とりあえず友也から距離を取らねばならない。

「あのえっと、うざいこと言う兄貴でゴメンなっ、そろそろ会社行かないとだから、えと、おにぎりは諦める、じゃあなっ」

言いたいことだけ言って、そそくさと悠紀は玄関へと向かう。たかが1DKの部屋ながら、焦《あせ》っているせいか背中に友也の視線を感じるからか、ドアまでの距離が異様に長く感じる。ちゃんと自分は手足を交互に出せていますかね、なんてことが心配になる悠紀の背中に「兄貴だなんて」と低い声が投げつけられた。

「俺は、悠紀くんを兄貴だなんて思ったこと、一度もない」

思わず振り返っても仕方ないと思う。中々に衝撃的な告白に頭が真っ白になる。見つめた先で、友也もなぜか驚いた顔をしていた。だがすぐにハッとしたように近寄ってきて、靴を履《は》きかけたまま立ち尽くした悠紀へ「ごめん」と呟いた。

「あ、いや、まあ、兄貴じゃないのはその通りだし」

自分よりも友也の方がショックを受けている様子なのが見て取れて、悠紀は受けた衝撃を瞬間忘れた。だから笑って見せたのだけれど、友也は神妙な顔のまま悠紀を見下ろしてくる。

「……傷つけたなら、そのことは謝る、けど。──悠紀くんのこと兄貴だと思ってないのは、ほんと、だから」

「お……おう」

「……いってらっしゃい。気をつけて」

するりと眼差しを逸《そ》らして友也は俯《うつむ》いた。

俯いたところで悠紀の方が今や背が低いし、さらに一段低い三和土《たたき》に降りているので友也の整った顔は丸見えだ。

なんだか自分の方が悪い気がして、ぽんぽんとあやすように友也の二の腕を叩く。それから悠紀は「うん、いってきます」と玄関ドアを出た。

神妙にエレベーターに乗り込み、そこでようやく悠紀は大きく息を吐いた。

兄と思ったことなど一度もない。そう言った。

──じゃあ、なんだと思ってんだろ。

胸の内側で心臓がドッドッと跳ねている。

友也はこれまで、縮まらない三歳差を嘆《なげ》いたり、悠紀の交友関係に拗《す》ねたりしていた。悠紀はそれを「兄貴として懐《なつ》いている悠紀と、共有できない事柄があるのがつまらないから」と納得していた。けれど悠紀を兄と思った事はないという。ならばそれらはまるで見当違いの理解だったということだ。

「どういうことだってばよ……」

子供の頃読んでいた漫画の主人公の口癖をついなぞり、うんわからん、と悠紀はとぼとぼエレベーターを降りた。

――友也、真顔だったなあ。

真剣に、悠紀を兄だなどと思っていないと告げていた。そのくせ、お前とかあんたとか突き放した呼び方は一切せず、「悠紀くん」と呼んだ。そんなところに友也の性格が出ていて微笑《ほほえ》ましくさえ思う。

「はあ」

駅までの道のりを眺めると、今日はなんだかやけに長い距離に見え、またため息が出た。

――兄じゃないならなんなんだろ。

会社に着いても仕事中でも業務報告書を書いていても悠紀の頭はそれでいっぱいだった。

疑問点ははっきりしているのに思考が進まない。いや、進めたくない。なぜならここ数ヵ月過ごした時間がとても居心地よかったからだ。思考の発展は世界を広げるけれど、広がったからいいというものではない。

昔、小学校の裏には川が流れているのだと知ったときのことを思い出す。それぞれ自分の中で独立していた事柄が繋《つな》がって世界が広がるのは楽しかった。

――でも、友也といると落ち着かない理由がわかったせいで、離れないとならなくなった。もしもあれがムラムラだと気がつかないまま、友也といると胸がもやもやして落ち着かないなあ、と悩んだままただ過ごしていたらどうなっていただろう。ふつうに高校に行って、友也が徐々に大きくなっていくところを見られたら案外、大人なイケメン属性なんていう新たな性癖には目覚めなかったかもしれない。

そんなことを顧《かえり》みながら、だから悠紀は「兄と思ってないなら何」と友也に尋ねたりせず――なかったことにすることにした。

夜の七時過ぎ、スマホを手にする。いつもなら日中に友也から何かしらメッセージがきているものだが、今日はない。出掛けの顔を思い出すに、「兄と思っていない」発言をひどく悔《く》いているようだった。言われた悠紀より、言った友也の方がダメージを受けているなんて少し可《お》笑《か》しい。もしかして自分はさほど、兄貴分であることに重きを置いていなかったのだろうか。不思議だ。

そんなことを考えながら、悠紀は友也宛に文章を送った。

『今日の夕飯なに？』

『デパ地下の美味《うま》い中華教えてもらったからまだ決まってないなら買ってこうか』

既読《きどく》はすぐについた。春巻とチンジャオロースが食べたい、との答えに『了解』と返信し、悠紀は帰宅した。

そのおかげで翌日からはまた、普通に起こされ朝ごはんを食べ弁当を持たされ夕飯を一緒するという生活が始まった。

11

目を逸《そ》らし続けるのはよくないことだ。

「このね、調節弁をきゅっとするとね、調子よくなったんで、ええ、騙《だま》し騙しですけど使えてたんですよ。なのに今日になってこんな、ねえ。金曜で作業押してるってのにもうほんと困っちゃって」

緊急メンテナンスが入り、さほど大きな現場でなかったこともあって悠紀《ゆうき》ひとりで送り出された先で、工場担当者は言った。原因を取り除かないまま対処していた機械は徐々に歪《ゆが》み、結局大本の部品が金属疲労で割れてしまっていた。幸い予備の部品はあり、さして難しい箇所《かしょ》でもなく、適切に修理して、騙し騙し使うと後が大変ですよ的な説諭《せつゆ》を行い、悠紀の週末の業務は一件落着した。

同じなんだよなあ、と帰りの電車の中、鏡面のようになった窓の中の自分を眺める。

兄じゃない発言は意味がわからないまま。恋人なんかに友也《ともや》を取られてなくてほっとしたけれど――性格が悪い――、酒を飲んだり泊まらせたりするくらい仲のいい友達の存在にもやもやするのも結局見て見ぬふり。

友也に友達。結構なことではないか。自分がいなくとも友也は楽しく過ごせる。いいことだ。週明けの月曜には、自分は例の危険な出張先へと旅立たねばならないのだから。なのに、

――行きたくないな。

いつもはそんなこと思わないのに思ってしまう。

自分がいなくても友也はちゃんと一緒にいる相手がいる。いやむしろ悠紀がそばにいない方が友也の交友範囲が広がるのは、母情報により明らかだ。

今生《こんじょう》の別れ、とはならないはずだけれど。それでも自分が危険な任務地にいる間、友也がどんな相手とどんなふうに時間を過ごすのか気になってしまう。気にしなければいいのかもしれないけれど、友也から意識を逸らすなんてことができるなら、今の悠紀は出来上がっていない。

せっかく高専《こうせん》に逃げ出して六年も離れていた。その間目を逸らしていたはずなのに、友也の存在は悠紀の中から消えることはなかった。隣家《りんか》の勝斗《まさと》のことも努《つとむ》のこともいい兄貴分と慕《した》っ

ていたのに、彼らは今、良き隣人でしかない。

でも、友也は違う。

いつまで経《た》っても友也の存在が自分の中で消えることなくあったからこそ、悠紀はずっと逃げ続けていた。いくら友也から連絡をしてこようとも、友也が悠紀を好きすぎるとしても、悠紀が友也をどうでもいい存在と思うようになればもう、逃げようなどと考える必要もなくなっていたはずだ。

自分にとっての友也とはなんなのか、もう目を逸らしている場合ではないのだろうか。


「え？　明日から？　そういえば日程教えてもらってないんだけど！」

珍しく友也が声を大きくした。夕飯のしいたけシュウマイはつるつるして摑みにくいのか、箸《はし》からこぼれて茶碗の白飯の上に落ちた。

日曜日は友也の家で夕飯を食べるのがいつのまにか日課になっている。ダイニングのローテーブルにふたりして向かい合い胡坐《あぐら》をかいて、テレビをつけて、まるで子供時代に戻った気分になれる。そんな中、昔から馴染んでいる番組を眺めていたら「明日は月曜かあ」というため息と共に「出張やだなあ」という愚痴《ぐち》がつるりと漏れた。それを聞き咎《とが》められたのだ。

「ごめん、言ったつもりになってたかも」

そういえば六月の下旬あたりにざっくりと「二週間後くらいに海外」と伝えたきりだった。

あの後、友也の友人関係に物思い、兄ではない発言に悩み、それでも表向きいつも通りの生活を送れていることに安堵しつつ、目を逸らし続ける状態に苦吟《くぎん》していたら、詳しい日程を報告し忘れていた。

「支度は？　もう終わってるの？」

「あ、うん、一応出張セット常備してあるから。――えっと、一週間俺はいなくなるわけで、だから友也は俺の中の賢者《けんじゃ》の石に配慮したごはんづくりからは解放される」

おめでとう、と冗談で笑う悠紀を、友也は剣呑《けんのん》な目で睨みつけてくる。

「悠紀くんの結石《けっせき》は賢者の石じゃなくて愚者《ぐしゃ》の石です。泊まるのちゃんとしたホテルなんだよね？　脂肪と穀物《こくもつ》のみみたいな食事しないで、ちゃんと野菜とか気にしてよ」

「あ、ハイ」

少しどきりとして、悠紀は居住まいを正した返事をした。悠紀のくだらない軽口を叱る友也の目つきにそわそわと落ち着かないものを感じてしまった。言っていることは悠紀の食生活に対する注意だけれど、あの眼差しは結構怒っていると思う。食事作りイコール悠紀の体調を守ること、として使命感を持ってやっている友也からしたら、「解放おめ☆」なんて軽口は受け入れられないだろう。

本当に迂闊《うかつ》な口だ。自《みずか》ら友也の、あの眼差《まなざ》しを呼び起こしてしまった。

ちなみに、焦《あせ》ると失敗を重ねる人間というものはいる。悠紀は確実にそれだ。自分をそわそわさせる友也の意識を逸らせたくて口がつるつる滑《すべ》る。

「あの……そうだ、友也も俺がいないからってあんまりほら、この間の友達と酒飲みすぎたりしないようになっ。いや友達がいるのは良かったなーって思ってるけど、そう、今回俺危ないとこ行くからさ、なんかあってお前が一緒に飯食ったりする相手いなくなったらかわいそうかなとか思ったりしたけど友達いるなら安心っていうか」

「……何言ってんの？」

「いやっ、そこまで危ないとこじゃないけど、そうじゃなくて、何言ってんだろ、えっと、一週間も俺がいないの寂しいかなって思って、ていうか、あっ、兄貴ぶってるわけじゃなくてその……お前俺のこと好きすぎるから？」

埒《らち》もないことをよくまあぺらぺらと喋《しゃべ》る口だ。目を逸らし続けた結果、自分の中に溜まりこんだもやもやが溢れ出している。取り繕《つくろ》おうと言葉を重ねるほどに痛々しくなって自分でもどうにも止まらなくて困惑しているところへ、友也の大きなため息が挟まれた。

はあ、とびっくりするほど大きな息だった。おかげでようやく悠紀の口は止まる。そのかわり、箸《はし》を置いた友也がじろりとこちらを睨《ね》めつけてきた。

「それ、意味わかって言ってんの？」

「え。……え？」

「俺が、悠紀くんを、好きすぎるって」

「それは、だってお前、小学生の時から俺に懐《なつ》いて」

「小学生、ね」

言いながら、ゆらりと友也が立ち上がった。見上げて悠紀は息を呑む。本当に、大きくなったものだ。わかっていたけれど小学生の友也とはもう全然別人だ。なのに、多分怒っているのだろうその眼差しが、子供の頃に悠紀を落ち着かなくさせたそれと丸っきり同じで、胸がうずうずしてくる。

「俺、今は大学生なんだけど」

「そ、れは、知ってるけど」

座ったまま見上げる悠紀の前へ、友也は片膝をついて屈《かが》みこむ。手が頬に添えられ、触れられたところが熱を持つ。

頭は、いつの間にか撫でられ慣れていた。けれど頬は違う。子供でもないのにそんなに人に触れられる場所じゃない。覗き込んでくる友也の顔が近い。

「あと俺、言ったよね。ゲイだって」

「それも、聞いた、けど」

「顔赤いよ」

ひとつも笑いを含まない鋭《するど》い眼差しに指摘されて息が止まる。

「なんでそれで悠紀くん兄貴ムーブかましてくんの？　何も考えてないの？　……俺のこと、

どう、思ってんの」

「そ、それは」

矢継ぎ早に畳《たた》みかけられた上の最後の言葉に悠紀はどっと冷や汗をかいた。

友也を、どう思っているか。今感じているのは、友也が大きくて、触れられると落ち着かなくて、ただひたすら熱いということ。ムラムラなのかドキドキなのか、身体の内側がざわざわそわそわして困っていること。

そんな気持ちは、友也に絶対知られたくない。

「と、友也に……そんなの、関係ないだろ……っ」

誤魔化《ごまか》しというにはあまりに稚拙《ちせつ》な叫びだ。胡坐を崩して後じさり友也の手のひらから逃れると、悠紀は力が抜けそうな足を叱咤《しった》して立ち上がった。幸い悠紀の食事は済んでいる。

「ご、ごちそうさま……っ」

よれよれ立ち上がった悠紀を、友也は追いかけてこなかった。

部屋に戻りベッドへ逃げ込んでも心臓はばくばく逸《はや》ったまま、抜けた力が戻ってこない。

――なんでこんなドキドキすんの。まずいだろ。まずいでしょ。

そりゃあ友也は悠紀の性癖を直撃する大人男子に成長している。けれどまずい。駄目だ。深紘《みひろ》に説明した通り、あれは小さくてかわいかった幼馴染の友也だから駄目だ。

布団をかぶってぐるぐるする。友也の言葉を反芻《はんすう》する。

お前は俺を好きすぎる、と告げた悠紀に友也は、どういう意味かわかってるのかと言った。自分がゲイだとわかってるのか、とも。

ああ、と思う。そこは確かにまずかった。同性が恋愛対象になる相手に対して、「俺のこと好きすぎる」はちょっと踏み込みすぎだ。そういうことだろうか。

——違うよな。

友也が言っているのはそういうことではなく。そうじゃなくて。機械ならショートするような負荷《ふか》がかかっているのに残念ながら悠紀の回路はダウンしない。ただひたすらくるくる堂々巡りするだけだ。

どのくらいくるくるしていただろう。電気もつけずに丸まっていたからよくわからない。時間を知りたくてスマホを手探りしても手近にない。どうしてこう自分は残念な子なのだろうかとため息が出る。

——あ。みーくんに相談するとか……？

友也に対する自分の性癖を知っている、あのあけすけな元カレならば案外絡まり切った悠紀の悩みを一刀両断してくれるかもしれない。深紘は日曜は隔週《かくしゅう》出勤だ。今日は出ているのか尋ねてから行こう、とスマホを探して、先ほども見当たらなかったことを思い出す。一体どこだろうかと考え、「あ」と声を上げた。

友也の部屋に置いてきてしまったのだ。

取りに行かなくてはなるまい。深紘に会う会わない関係なく、明日から出張だ。あれを持たずに海外に行くのはさすがにつらい。けれど友也と顔を合わせにくい。

結局夜中を待って、悠紀は友也の部屋へ忍び込むことにした。再会初日に受け取った合鍵をこんな状況で使うことになるなんて思いもしなかった。

壁越しに友也の部屋から音がしないか確認し、静かに友也の部屋へと侵入する。電気をつけるわけにはいかないけれど、友也の部屋には入り浸《びた》っているから物の配置などすっかり覚えている。それに友也は、常夜灯《じょうやとう》をつけて寝るタイプだったようだ。オレンジの光がほの明るく室内を照らしていた。

スマホは、悠紀が座っていたローテーブルのクッション脇に置いてあった。どうやら友也は気づかなかったらしい。気づけばテーブルに置くなり届けに来てくれるなり――さっきのやり取りでそれはないか――するだろう。

こっそり侵入した負い目もある。目当てのものを見つけたのだからさっさと引き上げるべきだ。そう思うのに、悠紀の足は寝室の方へと向かってしまった。

ダイニングから差し込む暖色《だんしょく》の明かりが、眠る友也の足元を照らしている。光は顔まで直接は届いていないけれど、顔立ちが分かる程度にほの照らされている。

――大人の顔だなあ……。

眠っているからと言ってあどけなくなるわけでもなく、小学生時代の面影が濃いわけでもない。最近すっかり見慣れた、大人の友也の顔だ。

こうしてまじまじと見るのは初めてかもしれない。起きている最中は、見つめれば見つめ返されるから、こんなに観察出来はしない。

穏やかに、心音が上がっている。

不思議だ。落ち着かないものを感じるときはいつだって友也と話しているときで、だから何かしら友也のアクションに対するリプライとして自分の心は動くのだと思っていた。けれど今、ただ友也の寝顔を見ているだけで自分はやっぱり胸をそわそわさせている。穏やかに見守るのと同時に、じわじわ息苦しくなるような疼《うず》きに胸を炙《あぶ》られている。

——ムラムラとドキドキの違いってなんなんだろ。

胸元に蟠《わだかま》る灼《や》けつくようなあれが、欲情なのか恋情《れんじょう》なのか普通はどう見分けるのだろう。

深紘にはまったくムラムラしなかった。だから友情だと理解できた。

でも友也には。

そっと、眠る友也の頬に指を添える。刹那《せつな》、心臓が揺るぎ、悠紀は低く静かに息を吸い込んだ。止めて、吐き出す。友也に触れただけで指先から、ひりつくような、電気が忍び込んできているような錯覚《さっかく》を覚えた。押し殺した呼吸のもと、ゆっくりと悠紀は手を離した。

ムラムラかドキドキか、やはりはっきりしなかった。胸が落ち着かないだけだ。

悠紀は立ち上がった。まだ指先が痺《しび》れているような気すらする。心音も高く、感覚が鋭敏《えいびん》になっているようだ。自身が立てる衣擦《きぬず》れの音までも大きく感じられ、可能な限り静かにゆっくり、悠紀は友也の部屋を去った。

朝、アラームよりも先にメッセージが届いた通知音で起きた。まさか友也が連絡をくれるとは思わなかった。確認すれば、短く『うち来て』の文字がある。

よかった。少なくとも、あんな別れ方をしたまま行かなくてすむ。急いで全身を整えて、出張に持ってゆくキャリーをコロコロ引いていつもより早めに友也の部屋を訪れた。

「おはよ」

夜中の侵入に気が咎《とが》めながら「おはよう」と悠紀も返事した。自分だけじゃなく、友也もテンションは低い。

「はい」

「ん？」

玄関先でビニールの小袋を差し出され、悠紀は素直に受け取る。

「おにぎりと唐揚《からあ》げ、捨てられる容《い》れ物に入れといた」

「うそ、弁当作ってくれたのか!?　……ありがと」

今日の午後から出張とわかっているから、いつもの弁当箱にしなかったらしい。素直に礼を言う悠紀に、少しだけ眼差しを和《やわ》らげて、友也が呟いた。

「変な気分のまま行かせるの嫌だったから。来てくれてよかった」

「いや、ううん、俺が変なこと言ったから……ごめん」

「……俺は悪いことしたと思ってないから謝らないよ」

静かに宣言された。頷いていいものか悠紀が迷ううち、友也は言葉を続ける。

「でも、帰ってきたら話があるから。それまでは、できればいつも通りにしたい、です」

「……わかった」

話とは何だろう。気になるけれど、悠紀は余計なことは口にせず頷くに留まった。

束《つか》の間、沈黙が落ちた。けれどすぐに、友也は仕切り直しのような小さく明るい息をつくと
朗《ほが》らかな声をあげた。

「じゃ、悠紀くん。いってらっしゃい、気をつけて。できれば、向こうに着いたら連絡欲しいかな」

「あ……うん」

わざとらしかろうと無理が感じられようと、声を出すのは良いことだ。友也の声音《こわね》に心を引き上げられ、悠紀は瞼《まぶた》を明るくした。

「いってきます。ちゃんと飯、気をつける。あと電話するし、ちゃんと考えるし」

「いつも考えてないみたいなこと言う」

「考えてるけど考えてないのと同じことしてるなって思ったからちょっと反省した」

我ながらアホな物言いだ。けれどそれを悠紀らしいとでも思ったのか、友也は苦笑の混じった笑顔で悠紀の頭を撫でてくれた。

昨夜《ゆうべ》のしかかってきていた重石《おもし》みたいなものは、友也が歩み寄ってくれただけできれいにどこかへ消えてしまった。

12

何度乗ってもエコノミークラスはやっぱり狭い。さらに二度も乗り換えがあって、アナウンスを聞き逃すまいとしていたからのんびりする暇がなかった。

そうしてようやく着いた出張先。首都の割にはさして大きいとは言えない空港に降り立つと、現地に住む日系二世のタカハシが悠紀《ゆうき》を迎えてくれた。目がぱっちりとした色黒の青年だ。

「まずホテルに案内しますね。彼は警護のリカルドです。英語が通じます」

と、銃を担《かつ》いだ制服姿の男性を紹介してくれる。松永《まつなが》から聞いてはいたけれど、本当に治安が悪いのだ。日本人や中国人は特に誘拐の危険性が高いとのことで、ホテルから出るときは常にリカルドを帯同せねばならない。

今は雨季ということでじめじめ暑い。最近の東京の夏を経験していると、さして辛さは感じないが、タカハシが「体調は平気か」「熱中症に気をつけて」と気にしてくれるのは嬉しい。

会社が手配してくれたホテルは、今まで出張で泊まった中で一番高級なものだった。ホテル内は英語も通じるし、レストランもあるので宿泊中不自由はなさそうだが、現地の屋台で朝ご飯を買ってくる、なんてことはできそうにないのでそこだけは残念だ。

これからこちらで四日ほど作業することになる。ホテルに荷物を置いたら、また警備されつつ作業場入りだ。

——時差は八時間だから、こっちが今十時で……八時間足して十八時。

午後六時ならばちょうどいいだろう。ホテル内は無料 Wi-Fi が使えるそうなので、現地入りしたと友也にメッセージを送っておく。松永によれば昔は衛星電話を利用するしかなく申請が面倒だったそうだ。今はネットが繋《つな》がっていればメッセージが送れて通話もできるから無料通話アプリ様様である。

即座に友也から「本当に気をつけて」「好奇心で見知らぬものは食べないように」「できれば寝る前電話ちょうだい」と立て続けに返信が来た。

——嬉しいな。

いつも通りの友也のお小言に幸せを感じる。昨日の朝、友也が連絡をくれなかったらこんなに健《すこ》やかな気持ちではいられなかったろう。緩《ゆる》んだ頬を引き締めた後、悠紀は異国の地での仕事を始めるべくホテルの部屋を後にした。

仕事は思っていたより順調だった。悠紀自身はメンテナンス部なものの、会社自体は機器製造販売会社である。そのため古くなった設備のメンテナンスもあったのだが、新規で導入した機械の動かし方や設定の方がメインだった。タカハシ以外にも日本語が通じる現地スタッフがいて、言語ごった煮で昼時に喋《しゃべ》るのも楽しかった。

ちょっとした失敗もあった。直近《ちょっきん》で行った台湾《たいわん》はそのまま日本のコンセントが使えたので、海外では使えない地域が多いのを失念していた。幸い変換プラグをホテルで貸し出してくれたので、仕事のあとの一時間ほどの充電で、友也と通話するバッテリーの余裕ができた。

寝る前に電話すると友也の方はちょうど起床時間となる。期せずしてモーニングコールとなった悠紀の「おはよう」に友也が「おやすみ」と返してくるのはちょっと和《なご》む。長話するわけでもないが、気持ちはとても安らぐ。

つくづく、友也が傍《かたわ》らにいるのは贅沢《ぜいたく》なことだったと噛み締めるうち順当に日々は過ぎ、すぐに帰国前日となった。

明日の朝にはもうこの国を発《た》つのだと思うと不思議な気分だ。時差八時間の中で友也と通話するのもこれが最後の夜となる。

「なんか、こんなに時差あるとこ来たの初めてだから、変な感じ。こっち夜なのに友也の方はもう次の日の朝なんだもんな」

「そっか、今はまだそっちは十四日?」

「そう。友也の方はもう十五日だろ」

「うん。――もし時差が三年ある所に悠紀くんがいたら、俺、同い年になるんじゃない？」

「どこだよ、時差三年って」

宇宙じゃん、と声では楽しそうに笑いつつも、未だにそんなことを気にしているのかと、胸がそわりと揺らがされる。

「……まあ、明後日《あさって》には東京だからさ。友也からすると明日か」

「そうだね。乗り換え間違えないようにね」

「ああ、マジ気を付ける」

頷きながらホテルの窓の景色を見納めする。視界に広がるのは周囲の高層ビルが放つ夜の光だ。建ち並ぶ、と表現するほどには多くないけれど、その代わり見晴らしは良い。

「……ん？」

もうあとは「おやすみ」を言うだけのつもりだったのに、悠紀はおかしな明かりを見つけた。火の手だ。そこそこ遠いようだがどの辺りだろう。もしかしたら爆発かもしれない。

「嘘だろ……テロ？」

「え？　ちょっと、悠紀く」

中途半端に友也の声が途絶えた。慌ててスマホを耳から話して画面を見ると通話中の画面になっているが何も聞こえてくる様子はない。よくよく見れば通信がダウンしている。

何度かネット接続を試したものの繋がらない。ドアの外の廊下で人の声がする。漏れ聞こえる言葉から他の人々も同様のようだ。

しばし待ち、静かになった頃合いにフロントへ降りて尋ねたところ、先ほど見た火の上がったところが通信施設で、現在周辺一帯がインターネットから孤立しているのだと教えてくれた。テロか単なる事故なのかはまだわからないとのことだった。

——……怖すぎでは……？

テロならすぐに確定しそうだから、たぶん事故なのだろうなあ、と考える自分はきっと正常性バイアスの虜《とりこ》なのだろう。必要以上に怖がることはないけれど、何も備えずにいるのはどうかと、部屋に戻り、悠紀はすぐにでも出立《しゅったつ》できるよう荷物を完璧にまとめた。

ちゃんと朝を迎えられるのだろうか。嫌な動悸《どうき》がする。仕事も終わり、警備の青年が活躍するような場面にも出くわさずすんだため普段の出張程度の緊張感に落ち着いていたのだが、ここにきていきなり緊迫度が増してしまった。ネット接続できるようになったら速攻で友也に通知しよう。変なところで通話が切れたからきっと心配しているに違いない。

有事に備え、外出着で泥を落とした靴を履《は》いたまま、ベッドの端で横たわる。ネットが繋がらなくなった当初はざわついていたドアの向こうは静かになっていた。少し安心してうとうとするけれど、眠りきれずに目を覚ましては明け方までに何度もスマホをチェックした。

不安だ。大丈夫と思う自分がいるのに、友也に会えなくなったらどうしようと怯《おび》える自分もいる。たぶん部屋にひとりで、友也に繋がる手段が何もないからだろう。

会いたいな。

いつでも会えるという保証がなくなって初めて、自分が恵まれた環境にいたことを実感する。友也が自分を好きすぎるからなんて理由で逃げていたのだって、裏を返せば逃げさえしなければいつだって会うことができたからだ。悠紀が歩み寄りさえすればいつだって友也が受け入れてくれると知っていたからだ。

――守られてんのか？　メンタル的にも。

「無謀《むぼう》な悠紀のストッパー」だったはずの友也はいつのまにか「悠紀を守る」使命に目覚めていた。あの頃からもう悠紀は、大きくなりたいと悔しがる友也に胸を疼《うず》かせていた。

小さい友也相手に何を考えているんだと離れ、大きく育った友也にも心揺らぎ、かと思うと友也に仲のいい友達がいるのが気に入らないという狭量《きょうりょう》さまで併《あわ》せ持つ。友也に比べ、自分はなんだってこうも駄目人間なのだろう。

唯一褒《ほ》められそうな部分といえば、ショタコン魔人が判明してすぐ、小学生の友也から遠ざかろうと決意できたことくらいだろうか。実際離れるまでに一年を要したが、友也は駄目だからと他の小学生に目移りしなかったのも偉いといえば偉い。

――って。目移りはしなくない？　今まで他の小学生見てムラムラしたことないし。

小学生男児が性癖とはいえ、たぶん自分はひどく局地的な指向をしているのだ。友也みたいに賢くてしっかりしていて、自分よりも大きい悠紀を守りたいなんて気持ちを強い眼差《まなざ》しで表すような子供でなくては、胸を揺らがしたりしない。

「……ん？」

つい唸《うな》り声が漏れた。それって小学生男児が性癖、と言えるのだろうか。

そういえば高専《こうせん》のそばには小学校があって集団登校する子供達とよくかち合った。リーダーらしいしっかりした子が、ガードレールの中を歩けとか一列になれとかちゃんと指導していて微笑《ほほえ》ましく思ったものだ、けれど、

「ムラムラしなかったよな？」

あのリーダーシップは友也に通ずるものがあるだろうに、心は欠片《かけら》も動かなかった。そのかわり、友也が中学に入り、高校に入り、じわじわ背を伸ばしているのにもかかわらず、自分はいつまでも友也から逃げ続けねばならなかった。どころか、自分より背が大きくなった友也と会って、悠紀は「大人なイケメンも性癖」になってしまったのだ。

——それって……。

今、こんな、緊迫した状況下で気づくにはあまりにも、あまりにも情けない事実。

「えええ……ちょっと、待って待って待って……」

もぞぞ、とベッドの中でまんまるくなる。

だって、どう考えてもアホだ。アホすぎる。深紘《みひろ》に「お前のいいところはアホ」などと褒め

られたけれど深紘はきっと、悠紀のお悩み相談の時点で気がついていたのだ。そうして面白がっていた。いつ悠紀が事実に気がつくのかと。

そう。ずっと昔から悠紀は、友也に恋をしているのだということに。

「いや、だって、え……ムラムラじゃなくて？」

ドキドキでは恋になるから駄目だ、なんてずっと思い込んでいたのに、すでに恋だった場合はどうすればいいのだろう。

——俺は、友也を、好き……!?

うわああ、と声にならない声を上げ悠紀はじたばたした。

嘘のようにすべてが納得できた。バラバラだった事柄が全部繋がって世界が驚くほど広がってしまった。なんてことだろう、すべてはその一点だった。ムラムラかドキドキか、そりゃあどっちかわからないはずだ。「友也を好き」という気持ちの中に、不埒《ふらち》なムラムラも恋のドキドキも混ざっているのだから分離不可能だ。友也の交友関係が気になったのだってただの嫉妬だ。全然わからん、とか嘯《うそぶ》いていたけれどわかりやすいことこの上ない。

明け方、空が明るくなってゆくのと同じ頃、そんな自分の真実に気がついて、悠紀は怯えてくるまっていたベッドから跳ね起きた。

スマホはまだ繋がらない。けれど、もう今日飛行機に乗れば友也のいる場所に帰ることができる。

——早く帰りたい。

そして友也に会いたい。

帰ったら話がしたいと友也が言っていたけれど、自分もしたい。早く、早く帰りたい。

ただそれだけを願っているうち、出立の時間となっていた。チェックアウトの際、ネットの接続障害について尋ねると、通信施設はどうやら純然たる火災事故だったようだ。そのことに少し安堵する。

タカハシと警護のリカルドに空港まで見送られ、悠紀はちょっと怖いこの暑い国を後にしたのだった。

迂闊《うかつ》にもスマホの充電が切れているのに気がついたのは、最初の乗り換え待ちの最中だ。夜中、繋がらないのにスマホ確認を繰り返していたのがバッテリー消費を促進《そくしん》したらしい。

友也に無事を知らせたかったけれど、でも通じないものは仕方がない。

早く、安全に帰れますようにと悠紀は機上で祈った。

13

夏の夕方、飛行機が到着した時はまだ明るかった空は、預け入れ荷物を受け取り終わったころにはもう薄い夜色に染まっていた。

友也《ともや》に会いたい。友也に言いたい。

――友也が好きだ。

その思いでいっぱいで、とにかく早く帰りたくて、悠紀《ゆうき》はずいずい歩みを進める。早足になると引っぱるキャリーケースのコロコロが立てる音が忙《せわ》しなくなって、それが自分の気持ちと連動して余計に早く帰りたいと掻《か》き立てられる。

だが、そうだ、空港内にモバイルバッテリーくらい売っていたのではないだろうか。すっかり失念してモノレールの改札前まで来てしまった。ここまで来たらもう乗ってしまう方が早い。

いや、それとも連絡が取れるようにすることを優先するべきか。

瞬間判断に迷って改札を通るのをためらう悠紀の耳に幻聴《げんちょう》が聞こえた。

「悠紀くん」

と。つい幻聴の方へと身体を向けると今度は、幻覚が抱きついてきた。

いや。

「え……っ、友也⁉」

幻聴でも幻覚でもない本物の友也が、悠紀を抱きしめていた。

どうしてここに、と問いたいけれど口元が友也の胸に埋《う》まり喋《しゃべ》れない。

抱きしめてくる友也の身体が熱い。こんなに密着したら自分のやましい心が動いてしまうと警戒するも、不思議と不純な衝動は悠紀の中に生まれなかった。

そのことにほっとしつつもぞもぞ身じろいでいると、耳元に、「よかった」と囁くようなやさしい声が落ちてきた。

そうだ。早く連絡を取りたかった一番の理由は、いきなり通話が切れて不安にさせただろうからだ。

この友也の抱擁《ほうよう》は心配によるもの。ムラムラしなかったのはそれが伝わってきたからに違いない。何もわきまえず発情しているわけではない自分に、悠紀は少し安堵する。

「……心配かけてごめん。ネット繋《つな》がんなくなって、あと充電切れて連絡できなくて」

ぽんぽんと広い背中を叩いてあやし、悠紀は「ありがと」と囁いた。

「バカ。悠紀くんはバカ。――もう会えなかったらどうしようって思った」

「うん。ごめん」

「……悠紀くんが行く前に、伝えておけばよかったたって、マジで後悔した」

ひときわ強く友也が抱き締めてくる。切ないような息苦しさが喉元《のどもと》にせりあがってきて、悠紀は物も言えずにその背を抱き返した。

後悔。

自分もした。目を逸《そ》らし続けて、清らかな時代が汚れるなんて思い込んで、自分の気持ちを直視しないでいたけれど、いつでも友也に会えるわけではないと気づいて後悔した。

手のひらの下には広い背中。シャツ越しに感じるしっかりと強い筋肉のついた大人の背中。

胸が疼《うず》くのは、これが他ならぬ友也だからだ。「属性」なんかに胸がざわついたことは本当はきっと、悠紀は今まで一度もないのだ。

「……友也」

吐息の中にようやく名前を溶かすことができた。そんな悠紀の耳元に小さく、友也の安堵するような柔らかなため息が落ちてくる。

と、同時。

「——俺、悠紀くんが好き」

低く掠《かす》れた声音。けれど聞き逃しようのない、友也の心が差し出された。

ぐきゅ、と喉の奥で飲み込み切れなかった空気がおかしな音を立てる。高鳴った心臓がうるさい。

想定外のこと、ではなかった。たぶん気づきそうになるたび無意識に目を逸らしてきただけだ。居心地の良い友也との、「幼馴染の世界」が消えてしまわないように小賢《こざか》しく回避していたのだと今ならわかる。

『友也は俺を好きすぎる』——そんなふうに、感じ取っていたものを茶化して、目を逸らしていたのだと。

「……ごめん」

自分を羞《は》じて呟いた言葉は誤解を呼ぶものだった。友也の心を振り捨てたように聞こえてしまう。びくりと無言で強張《こわば》る友也を見上げ、慌てて悠紀は言葉を紡《つむ》いだ。

「あ、違くて、あの——お前が俺を好きすぎる、なんて言ってごめん、って……」

腕の力を弱めた友也が、間近に悠紀を見下ろしてくる。その眼差しの真摯《しんし》さに少しうろたえ、悠紀は目を伏せ、低く息を吐いて続きを紡ぐ。

「ほんとは、俺がお前を好きすぎるだけ、なのに——何言ってんのってお前が思っても仕方ないよな、って……」

「……え」

「ずっと、お前から逃げないとならないくらい好きだったのは俺の方で、でも全然自分で気がついてなくて、ごめん」

「…………え？　えっ？」

友也が「え」しか言ってくれない。目を合わせていられなくてよそを向いていた視線を戻すと、友也はびっくりしたような顔をしていた。

もしかして気づかれていなかったのだろうか。なのに友也は、受け入れられる確証もない告白をしてくれたのだろうか。

胸がじわりと甘く疼く。

「ちょっと……待って、それ、悠紀くん、俺を……好き、って言ってんの……？」

「……そう」

頷いて、悠紀は友也にしがみついた。

いつだって、どうしたら疼く胸を御《ぎょ》せるのかと頭を悩ませて、離れることばかりを選んでいたけれど。

こうしてくっついた方が、切ない疼きは胸を炙《あぶ》るのをやめてくれるようだった。

背を抱く友也の力が強い。夏の盛り、布越しの体温は熱い。でも離れる気はしなくて、嬉しいとか嬉しいとかそんな気持ちだけが溢れてたまらなく幸せになる。

子供の頃を含めても、こんなに友也とくっついていたことはない。ただ抱き合っているだけで気持ちがほどけ、柔《やわ》く丸くなっていく気がする。

どのくらいそうしていたろうか。

抱き合って隙間なくひとつのように思えていた身体が、じわじわと、その腕の強さや、耳や髪に当たるかすかな吐息、密着した個々の身体として感じられるようになってきた。するとだんだんと周囲の雑踏《ざっとう》も耳に入り始める。

そういえばここは改札近くだったのだ。

まるで真空パックでもされていたかのように二人きりの世界に入り込んでいた、昂《たかぶ》った気持ちが少しは落ち着いたのかもしれない。抱き合っていた互いの腕をそっと緩め、軽く周囲を窺ってみる。同性同士で抱き合っていたって人々は気になど留めず、それぞれ自分の行く先へと急いでいるようだ。

――俺たちも帰ろう。

小さく笑い合って、どちらからともなく「行こうか」と口にして、二人はようやく抱擁を解いた。

喋《しゃべ》らないままでも満ち足りていて、電車内ではなんとなく無言でいた。その後山手線に乗り換えるとそこそこの混み具合で、ようやくふたりは周囲の音に後押しされるようにぽつぽつと離れていた間のことなどを語りだした。

悠紀が気にしていた、友人との飲み会は行われなかったようだ。今なら嫉妬とわかるその気持ちがむやみに掻《か》き立てられずに済んでよかった。

けれど、泊まり掛けで語るほど内容のある話を友也とできるのは純粋に羨《うらや》ましい。やはり勉強の話でもしていたのだろうかと尋ねると友也は「あの日は悠紀くんの話してたんだよ」と教えてくれた。

「な、なんだ、俺の話って」

「みーくんって人と仲良くて嫉妬する、って。きっと今日も会ってるムカつく、って」

「え」

「悠紀くんは兄貴っぽい人が好きだから、俺は年下だから相手にされない、って」

つい絶句していると、いたずらでも胡麻化《ごまか》すかのように微笑《ほほえ》んで、友也はこちらを流し目で見つめてきた。

たぶんそれは本音なのだろう。年齢を重ねて隠すのがうまくなっただけで、きっとその微笑みの下には子供の頃と同じく強い眼差《まなざ》しがあるのに違いない。

「……そんなの、相談すんなよ」

「悠紀くんには言えないじゃない」

「そりゃそうだけど。てか――それ、俺がみーくんと話すのと、同じ理由だ」

ぽろりとこぼした悠紀を、友也は今度こそ本当の笑みで眺めてくる。

「悠紀くん、みーくんに俺の話するんだ」

「……友也の話ばっかしてる」

恥ずかしくて口調がつっけんどんになった。吊革《つりかわ》に摑まった腕で、友也からの視線を遮《さえぎ》って赤くなっているだろう顔を隠す。

こんな物慣れなくては、年上、なんてなんの意味もないと思う。つと視線を窓へとやれば、拗《す》ねたような表情の自分が映っていた。中学生か、とつい突っ込むが、隣に立つ友也がそんな自分を見つめている様子も窓は映していて、その視線の柔らかさに悠紀は照れる。

――……帰って、どうすればいいんだろ。

ふと疑問が浮かんできた。

自分たちの気持ちが、双方向で通じているとわかってしまった今、伝えるだけでいいとか幼馴染に不埒《ふらち》な真似はできないとか、そういうストッパーはなくなってしまった。でも、先刻のように自然に触れられるかというとわからない。あれは再会できた安堵に背中を押してもらえたからこその抱擁と告白だとも思うのだ。

これから向かうのは自宅で、いわば究極の日常で、先程と真逆のシチュエーションとなるわけで、そんなところへ無策で帰ったらこの空気感は霧消《むしょう》してしまう気がする。

それはなんだか嫌だ。

友也に触れたいという欲望が叶わなくなるのが嫌なのではない。せっかく互いに伝えられた気持ちが、日常の中にうやむやに溶けてしまいそうで、それが嫌だ。

どうしよう、どうしたら、と考え続け、

「あ。友也、頭洗ってよ」

「……はい？」

唐突に浮かんだ案をそのまま口にしたら、真顔で友也に問い返された。

いや、いいところを突いていると思うのだが。この何ヵ月か隣人として暮らし、結構な時間を共に過ごしている。そんな中で一緒に入ったことがないのはトイレと風呂くらい。自宅の中の非日常はそこにしかない。

「ええと、その。飛行機と乗り換えで風呂入ってないから入りたいんだけど、頭洗うのって結構めんどくさいなーっていうか。どうせならやってもらおうかなーっていうか」

恥ずかしさからぶつぶつ呟いていると、友也は「別にいいけどね」と笑う。完全に「いつもの悠紀くん」を見る目だ。これは日常を加速してしまったのではなかろうか。

だが作戦失敗だとしょんぼりしたところで、電車がカーブで大きく揺れた。友也が瞬間、悠紀の腰を支えてくれ、大きな手のひらの感触に一気に心臓が跳ね上がる。

そんな悠紀の耳元に追い打ちがかけられた。

「悠紀くんがかわいすぎて、キスしたい」

「っ……⁉」

思わず目を丸くした悠紀へ小さく笑い、一時的な電車の揺れの恩恵《おんけい》を最大限に利用した大人な幼馴染は、身体を離した。

――これは……。

日常には、戻らないかもしれない。

その証拠に駅からの帰り道、友也は暗くなった空を幸いに悠紀と手を繋いできた。

そわそわと胸が高鳴る。キスなんてしたことがない。それを、友也と、する。考えただけで手汗が滲《にじ》んでしまう。ずっとタブーにしてきた友也との触れ合いを許してしまったら、自分はどうなるのだろう。ただ無言で、友也と繋いだ手だけに心を寄せて、悠紀は歩いた。

「じゃあ、悠紀くん。今日は疲れただろうから、ゆっくり寝て」

「なんて⁉」

思わず悠紀が叫んだのは、荷物を悠紀の部屋まで運び入れてくれた友也が放った言葉が衝撃過ぎたからだ。なのに友也はといえば、きょとんとした顔で悠紀の具合を尋ねてくる。

「なんて、って、疲れただろうから、寝てねって……ああ、おなか空いてる？　おにぎりでも作ってこようか」

「そうじゃなくて」

悠紀は口を尖《とが》らせた。やはりだめだ。この空間は、日常が染みつきすぎているのだ。きっと友也はなんの策もなくここへ帰ってきてしまったから取り込まれたに違いない。頭いいくせに間抜け、と拗ねた気分で悠紀は睨みつけた。身長差的に、上目遣いになってしまうのがいかんともしがたい。

「キスしたいって言ったの、友也の方じゃん」

子供じみた文句の言い方だと思う。こんなことでは日常を打開できないぞ、と自分を叱咤激《しったげき》励《れい》しようとして、悠紀は二の句を失った。

さきほどまで朗《ほが》らかな幼馴染を演じていた友也が――まさに「演じていた」のだろう――眼差しから明るい要素をするりとこそげ落とした。

もしかして、と思う。

もしかして、友也は全然、まったく、「いつも通り」になんてなっていなかったのだろうか。

悠紀はぽかんとその変わり身を眺めた。

「思ったよりね。ふたりきりって状況に——キちゃったから。やばいなって思ったんだよね。キスしたら止まる自信なくなったから」

低く掠《かす》れた声が耳を打つ。

微笑んでいるのに友也が怖い。いや、怖いというよりは——あの眼差しをしているから、悠紀の胸はにわかに早鐘《はやがね》を打ち始める。

友也の手が伸ばされ、悠紀の手を摑み、引く。引かれるまま足を踏み出したら、そこは友也の腕の中だった。

「ほんと、悠紀くんは迂闊《うかつ》で、かわいい」

「うか」

つ、まで言うより早く、友也の唇が続きの言葉を塞《ふさ》いだ。

キス、されてしまった。

びく、と身体が勝手に震えた。足裏から忍び入った電流が身体中の細胞のスイッチをことごとくオンに切り替え駆け上がり、脳天を突き抜けていくような感覚。

悠紀は唐突に、自分が激しく欲情するのを感じた。

足が、がくがくする。友也にしがみついて、腰を支えられて、ようやく立つという形になっている。だって、唇が、甘々と食《は》まれ、貪《むさぼ》られている。

ふわふわかわいい触れ合うキスなんかじゃない、開いた唇から舌が入り込み、味わうようにたっぷりと舌を絡《から》めとられる、そんなキスだ。されるばかりでなく自《みずか》らも貪りにゆけば、ぬるりと甘いものにまた絡めとられ、ちゅっと吸い上げられる。

そういえば、キスは厳密には初めてじゃない。深紘にされた。けれど、こんな――こんな。唇を合わせることでこんな、身体中が潤《うる》み力が抜けてしまう自分なんて知らなかった。これが本当のキスならば、自分の初めてのキスは、友也としているこれだ。

「ん、ん、ん、ふ」

鼻から漏れる声に甘えが混じって恥ずかしい。なのに、抱きしめてくる友也の手に力がこもってゆくから嬉しい。

キスの隙間に友也が言う。「やばいから我慢しようとしたのに」「とりあえず仕切りなおそうとしたのに」「悠紀くんに嫌われたくないのに」――なんて。

自分を律して離れようだなんて、悠紀がこの十年通ってきた誤《あやま》りの路だ。先達《せんだつ》として教えなくてはならないから、悠紀は友也をじっと見つめた。

「俺は、友也が好きだよ」

離れた唇がもどかしいけれど、伝えなくてはならない。友也の首に腕をかけ、「何したって、嫌いになんかなるわけない」と真摯に告げると、すっかり大人になったはずの幼馴染は、何かを我慢するような眼差しで悠紀を見つめ返してきた。

キスの距離のまま佇《たたず》む友也へ自分からもくちづける。途端、腰が折れるほどに強く抱き寄せられた。しっとりした唇が合わされ、吸われ、舌が絡む。悠紀の言葉への返答は声ではなく、友也はたっぷりのキスという愛撫で悠紀を骨抜きにした。

自分でも驚くくらい、友也と抱き合うのは自然なことだった。あんなに、幼いころの思い出を汚すような行為になると自戒《じかい》していたのに、一切そんなふうには感じない。あの頃の自分と今の自分、小さかった友也と今の友也は、連続はしているけれどそのものではなくて、だからあの頃の自分たちは変わることはないからだ。

くたくたになる、という表現がこれほど似合う自分になったことはないと、友也にしなだれかかって悠紀は思う。もう動くのも億劫《おっくう》なほど蕩《とろ》けているのに、自らを律する箍《たが》を外したらしい友也は、

「お風呂、入るんでしょ。頭、洗ってあげる」

と誘い込む目で悠紀に微笑みかけてきた。

正直、頭を洗ってくれなんていうのは、日常へ回帰しないための方便だった。だからこんなにも触れ合い、抱き合えている今となってはもう風呂なんて入らなくてもいいのだけれど、でも。

——俺、きっと汗臭い……。

友也に触れられるなら、旅の汚れを落としてからが、きっといい。

「……うん」

指先に力が入らないまま、友也の肩に額をつけて、悠紀はしずしずとシャツのボタンを外しだした。入浴の準備のため、なのに、ひどく胸が震えるのは友也の前だからだ。

小さく、友也が息を呑んだような気配がした。

背中を抱いていた手が、ふわりと悠紀の髪を撫でる。猫の子でも撫でるようにやさしく、何度も梳《す》いて撫でおろし、友也はそのうちに鼻先を髪の中へと埋めてきた。悠紀の、色の薄いか細い猫っ毛に頬を摺《す》り寄せてきて、すう、と吸いあげる。

「ま、待て、って」

恥ずかしさで悠紀は友也の胸をそっと押し返した。

髪を、そんなふうに吸われるのは困る。けれど友也は離れた距離を引き寄せ、また悠紀の髪にくちづける。

「早くお風呂入ろ。……我慢できなくなってきた」

低く腹の奥に響く男の声に俯《うつむ》けば、前をはだけた自分の身体が目に入る。友也の指先が、自分の頬から顎《あご》へ、首筋、鎖骨《さこつ》へとなぞり下ろされてゆき――悠紀は、さらなる欲情の渦《うず》へ叩き落とされてしまった。

シャワーコックをひねると、夏場ゆえに生ぬるい水が出る。それがお湯になるより先に、悠紀の頭へと降り注いできた。

狭い浴室のタイル地の壁に向かう悠紀の背後に、友也がいる。シャワーを手にして悠紀にお湯を浴びせている。先ほどまでと違い密着していないから、余計に相手の動きが気になって、悠紀はちらちらと背後へ視線を這わせた。

――友也、の、勃《た》ってたよな……。

服を脱ぐ一瞬、それを見てしまい悠紀の心臓はずっと高鳴りっぱなしだ。それどころか、自身の性器もすっかり萌《きざ》している。これを見られたら恥ずかしいと思うのに、友也のそれには触れてみたいと感じる、どこか矛盾した想いがうろうろする。

そんな中、十分に濡らされた悠紀の髪に友也の指が、分け入ってきた。いつの間に泡立てたのか、たっぷりの生クリームのようになったシャンプーが髪へと纏《まと》わされる。

――え……？

そわ、と頭皮から痺れるような震えが走り、悠紀は肩を強張らせた。

友也の指はあくまでやさしい。ゆったりと指の腹でこめかみから頭頂《とうちょう》へ向かい揉《も》み込み、撫で上げているだけ。なのにどうして、と悠紀は息を浅くする。

人に頭を洗われるのは、月に一度の美容院で慣れている。友也に頭を撫でられるのも慣れてしまった。だから問題ないはずだったのに。

つい息を押し殺し、けれど止め切れず漏れる息に、呼気《こき》ではなくて吐息と呼ぶ方がふさわしいような色がつく。出しっぱなしのシャワーの音に掻《か》き消され友也の耳には届いていないのか、友也は無言で悠紀の髪を洗っている。

うなじから頭頂へと柔らかく指先が辿《たど》り、やさしく弧《こ》を描きこめかみへと降りてゆく。幾度も繰り返されるその動き。

洗髪《せんぱつ》だ。そう、ただの洗髪。美容院でしてもらっていることと同じ、なのに、さっきまでほどほど程度だった自分のそれは昂《たか》ぶりきっている。

「……狭いね」

ひそ、と友也が話しかけてきた。「そ、そうだな」としか頷けず、悠紀は俯く。同時に、頭のてっぺんからまたシャワーが降り注いだ。

泡が目に入らないように閉じてしまうと、余計に肌で感じるすべてが敏感になる。ただ、泡が流されるにつれて、髪の中から友也の指の感触も消えてゆく。ホッと、抑《おさ》え込んでいた息が解放される。コンディショナー配合のシャンプーだから、これ以上頭に触れられることはないと、悠紀は力《りき》み気味だった肩から力を抜いた。

しかしそれも束の間。

「悠紀くん」

「っな、なに……？」

「身体も、洗うよ」

「え」

背後から耳元に囁きかけてきた友也は、その囁きのまま——悠紀の耳を噛んだ。

本当に、どうして人間の頭はショートしないのだろう。身体中の細胞が全部総立ちしたように敏感になって、悠紀は震え上がる。屹立《きつりつ》してしまった自分のそれが、腹にぴたぴた当たっている。こんなになっていることを友也に知られてしまったら、と焦《あせ》る悠紀を、友也は背後から抱きしめてきた。

——あ……。

抱き締められ、隙間なく密着した友也との身体の間。悠紀の腰から背中辺り、ひどく硬いものの感触があった。さっき垣間見た友也の昂りが、押し当てられているのだ。ぞくりと胸奥から欲情がせり上がってくる。

「友也……、た、ってる、よな?」

「……訊かなくてもわかるでしょ」

掠れた声にまた耳たぶを食まれ、悠紀が身じろぐと、硬いそれが肌の上でこすれる。武者震いのように震え、悠紀は自分からも腰を押しつけた。一瞬息を詰めた友也が、甘く吐息して悠紀の耳を犯す。そんな些細《ささい》な反応ひとつひとつが、すべて自分の胸を疼かせる種になってしまう。

友也の手が、ボディソープを目の前で泡立ててゆく。いつもの香りで膨《ふく》らんだ白い泡が、友也の大きな手のひらで悠紀の身体に塗り伸ばされた。

片手は胸へ、片手は――すでに昂りきったものへと添えられる。

「……悠紀くんも勃ってる」

「っ……あたま、洗われるの……すごい、きもちよくて……」

「ふうん……？」

からかっているのにしては甘すぎる相槌《あいづち》を打ち、泡越しに、友也の指が性器の付け根の頼りなくふよふよする双球《そうきゅう》に触れた。柔《やわ》く揉み込まれ、吐息を漏らす喉が勝手にのけぞってゆく。濡れた髪が、友也の肩にこすりつく。酸欠のように、はぁ、はぁ、と息が荒れるにつれ、友也の手はつつ、と上向ききった昂りの裏側をなぞり上げてきた。

「っん、ちょ、それ、まだ」

「まだ、って？」

「……イったら、賢者《けんじゃ》タイムきちゃう……」

友也と触れ合ってこんなに気持ちがほどけ、広がっているのに、ただ一瞬の頂点が訪れただけで落ちてしまうのは嫌だ。もっとこのだらだらと甘い壺《つぼ》の中で友也に触れてもらっていたい。

そんな気持ちが通じたのかどうか。小さな笑い声を立てた友也は、悠紀のそれから手を避《よ》け、そのかわり強く抱きしめてきた。

「悠紀くんの、そういうところ、ほんと好き……」

「どういうとこだよ……」

よくわからないけれど褒《ほ》められた。嬉しくて「俺も好き」と呟き返す。密やかでくすぐったい笑いがまた耳を食んでくる。

本当に、友也が好きだ。身体に回された友也の腕に自分の手を添え、すっかり大きく育ったその体格に悠紀はうっとりした。

「友也の……なんか、また大きくなってる」

「ん……」

押し当てられた時点ですでに相当だったのに、もっと硬く熱くなっている気がする。後ろ手に触れてみると、自分のそれよりももっとうんと逞《たくま》しい。

友也が、自分に欲情している。

ふと息苦しくなるような悦《よろこ》びを覚え、悠紀は指先でその幹《みき》をさすり上げさすり下ろした。悠紀の手遊びをやめさせようとはせず、友也も悠紀の身体を泡だらけの手でまさぐり甘やかしてくる。密着しているせいで、悠紀にはずっと友也の熱塊《ねっかい》の逞しさが刷《す》り込まれ続けている。

泡だらけの指先につんと顎をつつかれて、そっと振り向くように首をめぐらせると、頬ずりとキスが落ちてきた。

「俺が悠紀くんを好きっていうのは……こういう『好き』だから。だから、これがバレたから、悠紀くんはあのとき動かなくなっちゃったのかと思った」

「あの、とき?」

「俺が小五のとき。ネコブラックのミニフィギュア持って悠紀くんに抱きついたでしょ」

「……え? あのとき?」

あれは悠紀の苦《にが》い記憶だったはずなのに、友也にとっての何かでもあったのか。悠紀の問いかけに、友也は抱きしめる腕の力を強くして、首すじに顔を押しつけてきた。

「あのときにはもう、悠紀くんをそういうふうに好きだったから。無邪気っぽい振りして悠紀くんにくっつくような姑息《こそく》なことしてさ。そういうよこしまなのを気づかれたんだ、って。だからあれから俺、悠紀くんにさわらないようにした。しつこくするのもやめたしね」

「しつこく?」

「……高専《こうせん》に行くって聞いたときも文句言わなかったし、お盆とお正月しか帰ってこなくても我慢してた」

ああ、と悠紀は納得の息を漏らした。たまに深紘との親交への不満は表していたけれど、文句らしい文句は言われていなかった。

となると、悠紀が社会人一年のときにもっと帰省しろと電話をかけてくるようになったのはどうしてだろう。それを問うと、

「忘れたの? 悠紀くん、スピーカーで電話して、俺にゲイだってばれたじゃない」

「あ」

「悠紀くんがゲイだってわかって、ほんとに嬉しかった。俺のこと、受け入れてくれるかもって思ったから。だから俺、少しずつまた距離を近くしようって思ったんだよ」

ぎゅう、と抱き締める腕に力を籠《こ》められると、友也の顔が首筋に埋《う》もれてくすぐったい。ただ、呟く友也の声が切なくて、悠紀は隣り合う友也の頬に頬ずりした。

「でも、近づいても悠紀くん、よくわかんなくて」

「……隠してたからな」

「悠紀くんすぐ顔に出るのに、すごく上手に隠してたね。出張前の日、我慢できなくて、俺のことどう思ってんの、って聞いて――逃げられて、すごく後悔した」

「う……ごめん」

バレたら駄目だと思って逃げた、と呟くと、友也はふっと笑い声を漏らした。

「あのあと、夜中、来たでしょう」

「え」

「落ち込んで寝られなくて、丸まってたら悠紀くんが来て」

そして、友也の頬を撫でて出て行った。

「――だから俺、朝会いに来て、って送れた」

「そう、なのか？　俺……友也が、あのとき呼んでくれなかったら、会えないまんま出張行くところだった」

自分の衝動的な行動が実を結んでいたことに少し感謝する。わだかまり——というほどのものではない小さな疑問が消え、悠紀は手を添えていた友也の腕を、愛《いと》おしさを込めてゆるりとさする。それに応《こた》えるかのように、頬に友也の唇が触れた。

そうして、しばし悠紀を抱き締めるにとどまっていた手で、友也はゆっくり愛撫を再開した。ついと胸の先を軽くかすめられ、びくりと悠紀は肩を震わせる。

そこは、ひとりで自身を慰める際に妄想するとき触れる場所だ。快感が一瞬で溢れたことに、友也も気がついたようだった。泡の残る柔らかな触れ方で、硬く尖った乳首の先をゆるりゆるりと撫で遊ぶ。そのたび、触れられていない性器がひたひたと腹を打ち、先走った蜜《みつ》が臍下《へそした》で糸を引いてしまう。

甘く荒ましい吐息で首に齧《かじ》りつき、友也の両手の指がくりくりと乳首をつまみ上げる。

「ここ……すごい、かわいい」

「っあ、ぁ、や、ばか、それ……っ」

痛いくらいに刺激され、悠紀はびくんと跳ねた。激しい快感に、んんっと息を詰めた途端、溢れ零《こぼ》れるように射精してしまった。

「え……、ぁ、あ、うそ」

突然の絶頂に呆然とする。自慰《じい》では感じたことがない恍惚《こうこつ》を覚えた内腿《うちもも》の筋肉が、まだ達し足りないというように震えている。

「うそ……いっちゃった、の？　胸で……？」

言いざま友也が、強く乱暴に抱きしめてきた。喘《あえ》ぐような息を吐き、悠紀に全身を擦《こす》り付けてくる。腰に当たる友也の熱塊が強く強く硬くなるのを感じる。

あ、と思ったときには背中に熱い飛沫《しぶき》が散って、耳には達する瞬間の友也の甘く卑猥《ひわい》な吐息が凝《ここ》っていた。

「っ……だめだ、釣られた……」

「と、友也も、いった……？」

「ん……悠紀くんに、かけちゃった……」

背中から悠紀を抱いたまま、友也がきつく頬ずりをしてくる。触れ合う肌はまだ熱く、悠紀の腰に当たるその昂りも萎える気配がない。悠紀は湯気でけぶる浴室の中自身を見下ろし、自分もまたまったく萎《な》えていないのを目視する。

「全然、賢者タイム、こないな……」

むしろ達したあとの敏感さだけが残り続けているような。抱き締めてくる友也の腕が胸の先に触れているだけで腹の奥が熱く潤む。

「俺も……余計我慢できなくなってる」

掠れた声にもぞくぞくして、悠紀は背後に昂る友也のものに手を添える。本当に、それはまだずっと硬いまま、さきほど撫で上げたときと変わりない逞しさだ。

「ああ、もう……悠紀くん」

悠紀くん、と何度も名を呼んで友也が首筋に、後頭部に、頬ずりしてくる。それだけで好かれているとわかって、悠紀も、身体に回された友也の腕を抱き、撫で、持ち上げたその手に頬ずりした。

「俺ね、ごめんね……ずっと、悠紀くんとセックスしたくて、この、これ、……悠紀くんに、いれたくて」

「い、いれ……たい？」

「でも悠紀くんがいやならしない。こうやってさわらせてくれるだけでいい。そうじゃなくて悠紀くんがいれたい人なら、俺が頑張る」

「……あの」

「ん」

背後から抱かれていて、顔が見えない。でもなんだか、すごく目を見て言いたくて——友也のあの、強く自分を欲しがる目に見据えられたくて、悠紀は腕の中で振り向いて、見上げた。

「俺、どっちがしたいかずっとわかんなかったんだけど……友也がいれたいなら……あの」

これを、と硬いままの性器をさすり上げた。

「……俺に、いれて、みる？」

囁いた悠紀へ、友也は欲情しきった、どこか悠紀を咎《とが》めるような甘い眼差しをくれた。

濡れた体をきちんと拭《ぬぐ》い切るのももどかしく、あるだけのバスタオルをベッドに敷いた。とにかく、友也とそうすることが、やるせないくらいに疼く胸を落ち着かせる唯一の方法としか思えなかった。

抱き合ってキスをしたままの移動は覚束《おぼつか》なく、それでも部屋はきれいだったから何かに躓《つまず》くことはない。ちゃんと大人らしい生活をしておいてよかった、なんて、とてつもなくどうでもいいことを思い、笑って、友也に問われ、返答すると「悠紀くんらしい」と笑われる。

――ああ、好きだ。

ベッドから見上げる天井はよく見知ったものだけれど、自分とその天井の間に友也がいる。そんな光景が胸が痛くなるくらい嬉しくて、悠紀は腕を伸ばす。天井に向けて掲《かか》げた腕の中に、友也の頭を抱え込んで抱き締める。真っ黒なくせに柔らかな髪にうっとりして、唇からぽろぽろ言葉が溢れてしまう。

「俺、友也のこと、ほんと好き」

「……」

「お前が近くにいるとヤバいなって逃げ出すくらい、その、……お前にさわられるのは、……きもち、いい、から」

だから、と抱きしめていた腕からゆるりと力を抜いて、友也の頬のラインをなぞる。くっと目を眇《すが》め、言葉なく、友也がキスと、そして愛撫を悠紀の身体に降らせてきた。

何か濡らせるものを、と脱衣所から持ってきた乾燥対策のボディオイルをたっぷりと手に取り、腹からそそり立った性器、そして繋がるための場所へとゆるゆると伸ばし、垂《た》らしてゆく。

「っ……」

指先が、窄《すぼ》まった襞《ひだ》の上を撫ぜた。身を強張らせるのも束の間、くちづけが深まると緊張はすっとほどける。繊細《せんさい》な襞をぬめる指先でなぞられるたび、キスで解かされ、徐々に触れられることに慣れてゆく。慣れるほどに、息が浅く、いやらしくなってゆく。

吐息が色づくのは、快感のバロメーターなのだろう。自分でもわかるくらい甘々になった頃、友也は緩んできたその縁《ふち》の内へ、つぷりと指を侵入させてきた。

「悠紀くん……こんなふうに、さわられたこと、ある……？」

「ん……、え……？」

いやらしい、けれど丁寧な手つきで悠紀の後ろの内襞をさすり上げながら、なんだかひどく切羽詰《せっぱつ》まった真摯な眼差しで尋ねてくる。悠紀なんてもう、その手管《てくだ》にぐずぐずに蕩《とろ》けてひたすら呼吸を浅くしているだけだというのに、なんでそんな未だ片想いをしているみたいな顔をするのだろう。

——かわいい。

友也ってやっぱりかわいい、と思うと同時、背すじがぞくりと震え上がる。

そうだ。いつだって自分はこの、友也の、年の差と経験を詰《なじ》るような辛そうな目に欲情してきたのだった。

心臓が鳴っている。指の愛撫に息が上がるまま、悠紀は手を伸ばして友也の首をぐいと抱き寄せた。

「ゆうき、くん」

「……誰も、さわったことねえよ。友也にしか――こんな気持ちにならないんだから」

額がくっつくほど近く、まじまじと目を覗き込めば、友也が瞬間息を呑むのがわかった。

「ほんとに、……悠紀くんて、かっこいい」

なんだかひどく愛しいものをみる瞳で、友也はゆっくりと悠紀にキスを落とした。

「……かっこいいか?」

「ん……ずっと好きだった悠紀くんが変わってなくてどんだけ嬉しいか、きっと悠紀くんにはわかんないよ」

好き、と惜しみなく呟いて、友也が触れ合わせた唇を甘々と食んでくる。柔らかい、ふわふわした感触の隙間から舌が差し入れられると、頭の芯《しん》がほわんとほどける。友也の頭を抱えた自分の手が、その髪を撫で梳《と》かし、うなじをくすぐっている。本能のまま、それを抑えることなく友也に触れられるのはなんて清々《すがすが》しいのだろう。

「んっ、ん……」

「んん……？」

悠紀の喘ぎに、友也は甘やかすような音を返してくる。くちづけたまま、内襞を探る友也の指が増え、縁がじわじわとほぐれてゆく。たっぷりの潤滑液《じゅんかつえき》で潤まされた場所はどんどん緩み、快感を腹の奥へ撒《ま》き散らし、そこが受け入れるための性器になっていくのを実感させる。

ほどけ切った場所を何か強いもので穿《うが》って欲しくて、悠紀は友也の肩に手を添わせた。

それだけで、通じるものがあったのか。抱えあげられた腰の、蕩けて脱力した悠紀の中心に、硬く逞しいものが押し当てられた。肩をなぞり下ろした悠紀の手のひらに、友也の手のひらが合わされ、指が絡む。

「っん……、ぁ、ふ」

友也の目が見つめる中で、自分の内側が熱く、強く押し拡《ひろ》げられていった。溶けきった内襞が、友也との繋がりが深くなるほどに震え、腹の奥にきゅんきゅんと突き上げるような快感を寄こしてくる。

「あ、ぁ、あっはい、ってる、中、はいって」

「ん……、ん、入っちゃった……」

ああ、と嘆息《たんそく》し、友也がじわりとまた腰を進めてくる。痛いよりは息苦しくて、息を荒くする悠紀を宥《なだ》めるようにキスが降ってくる。舌を絡め、唾液《だえき》を甘く舐《な》めとられるうち、広がり切った縁と、友也の臍下が触れ合った。

――根元、まで、入ったんだ……。

あんな大きいのが、と思い浮かべるなり、それを呑み込んだ内側が食い締まった。そのせいで如実《にょじつ》にそれの熱を感じ、ふるふると身体が震える。

キスすらもう感じすぎて、逃げたくなってわずかに身を引くが、吸い付くように追いかけてきた唇にまたくちづけられて頭の芯が蕩ける。ほどくことなく絡め合ったキスで鼓動は早まるのに、心は満ち足りて幸せでたまらなく安らいでしまう。

たぶん、と思う。友也と抱き合っているここが、自分の居場所だからなのだろう。その証拠に、あんなに硬く強いものに穿たれているのにもう、怖さも痛みも感じない。

ゆるりと、繋がった場所を馴染ませるように、友也の腰が動く。すると、にちにちとぬめった音が耳に入る。

とても、いやらしいことをしているのだ。――でも、悪いことじゃない。

「繋がってるとこ、見てもいい？」

「んっ……み、みても、いい、けど」

「けど？」

「は、恥ずかしい、から……っ」

どうなってるかは言うなよ、と釘《くぎ》を刺すと、友也はひどく物騒《ぶっそう》で剣呑《けんのん》な眼差しになって「悠紀くんは、ほんとにさ」とぼやいた。

片足を摑み上げられ、膝が胸につくほど押し上げられる。友也を呑んだ場所から、塗り込めたオイルが溢れたのか縁がじわりと熱く潤む。

「……すごい、ちゃんと……入ってる」

「い、言うな、って言ったろ……っ」

「だって……嬉しくて」

言いながら腰を回され、びくん、と悠紀は仰《の》け反《ぞ》った。おかしなくらいに感じ、内襞が締め付けたのがわかる。

「こんな濡らされて——俺の、これ、悠紀くんに全部入ってるの……嬉しい」

「っあ、あ、ばか、……そんな」

ねち、ねち、とゆっくり、ゆっくり穿たれる。押し上げられた内側に合わせ、吐息が喘ぎになって溢れてゆく。

気持ちいい。少し辛《つら》いくらいに押し拡げられた内側が、友也のそれに縋《すが》るように食い締まってしまう。

「俺も、俺も嬉し……友也と、こんな、こんな」

「ん」

もう、何を言っているのかわからなくなってしまった。やわやわした刺激よりももっとうんと友也の熱を感じたくなって、「もっと」と願う。大人らしく強く育った肩から二の腕へねだるように手のひらを這わせる。

「ともやの、これ、好き」

「っ……ああ、もう、くそ、なに、かわ……！」

喘ぎながらの告白はなんだか昂るそれを好きだと言っているみたいになってしまった。

咎める眼差しの、悠紀が一番感じる表情の友也が遠慮も何も振り捨てて抽送《ちゅうそう》してくる。

そこからはもう、欲の赴《おもむ》くまま過ぎた。挿入された友也の熱は、悠紀をたまらない快感で夢中にさせた。

あ、と勝手に声が漏れる。友也のそれが、引いて、押し入って、引く。そのたびに喉奥から切ないくらい甘く漏れてゆくものがある。

「すごい、ぬるぬるで、もう……わかんない」

「ん、ん、ん、ともやが、はいってることしか、わかんない……」

初めてなのになんでこんなに盛《さか》っているのか不思議なほど、ただ気持ちよくてよくてたまらない。とろとろよりは、どろどろに、ふたりの境目が溶けてまじりあっている。なのに穿たれれば甘く、引かれればさみしく感じられる。友也の性器が内襞をこじあけ、たっぷりのストロークでこすり上げてくると、正体がなくなるほど感じて、感じて、感じてしまう。

「っん、んぅ、んぅ、あっ、あ……っ、だめ、駄目だ駄目、きもちい、きもちいい……」

「ごめん、止まんない……とまんない、無理」

「いい、とめないでいい、……あ、あ」

友也と、こんなことをしてる。そう思うだけでまた熱が上がる。キスをねだられて応えて、苦しい姿勢で舌まで絡めたら身動き取れなくなってしまった。けれど繋がった場所は貪るように甘くうねっている。

「っ……ん、ん」

くちづけをほどかないまま、友也が喘ぐ。内襞が柔く強くしゃぶるように食い締まるのがわかる。もうすっかり性器となってしまった縁が痙攣《けいれん》する。わずかに、ほんのわずかに友也が身じろいで、蕩けきった内側がこすれあうと、背すじを痺れるような快感が貫いた。

──うごいて、ないのに、いく……。

「っんん、っん、んん──……!」

「っう、……あ、あ」

キスを交わしたまま呻き、互いを強く強く抱きしめあう。もうなんだか濡れ切ってどろどろで、出しているのかどうかもわからないのに、身体は吐精《とせい》の快楽で震えている。

セックスの終わらせ方ってどうすればいいのだろう。わからないまま、ただひたすら互いを抱きしめ続けるうち、荒れていた息は少しずつ落ち着いてきた。

「……ともや」

囁きながら、汗で凝った友也の前髪に、悠紀は指を伸ばす。蕩けきった身体にはまだ力があ

まり入らないけれど、額に張り付いた髪をちょっと払うくらいはできる。じっと自分を見つめてくる友也を悠紀も見つめる。

友也が好きだ。ずっと好きで好きで、それが叶ってよかった。

——でも、叶ったのが今で、よかった。

友也もずっと自分を好きだったというのだから、もしかしたら悠紀が踏み出しさえすればいつでもこの恋は叶ったのだろう。でも、今だからこそ、幼い日々の思い出をやさしく和《なご》んだ気持ちで思い出せるのだとしたら。

「俺が鈍《にぶ》くてアホなのも、そんなに悪くないんじゃないかな?」

そんな自己弁護をした悠紀に、一瞬回想するように遠くを見た友也も「そうだね」と頷いてくれた。

好きな人が同じ気持ちでいてくれるのは、嬉しい。でも、悠紀がアホ、という部分を否定してくれなかったのはちょっと不満だったから、悠紀はぺちりと友也の額をはたいた。

∵　∴

アラームの音がする。六時半に設定したスマホのアラームだ。

どうして友也はおはようメッセージを送ってくれなかったんだろうと思いながら枕元で充電

しているはずのスマホを探し、ぱたぱたと手探りして――てのひらがナマモノに触れた。一瞬ぎょっとして目を開け、悠紀は余計ぎょっとした。すっかり忘れていた。

――友也が俺のベッドで寝ている……！

アラームがスマホからけたたましく響き続けているのに、目の前で眠る大人な色男は目覚める気配がない。案外近場にあったスマホ画面をスライドして音を止め、しばらくじっと、友也の寝顔を見つめた。

胸がどきどきと落ち着かない。けれどそれを隠す必要はもうない。

……よく寝てる。

幸せな気持ちが湧いて、指先でそっと頬をつついて、離す。楽しい。

ふふふ、と喉奥に、込み上げてきた笑い声を隠してニヤニヤしていると、やっと友也が目を覚ました。二、三度瞬《まばた》きした黒い瞳が滲むようにゆるりと細められ、「おはよう悠紀くん」と低く少し掠れた声で囁いてくる。

「今日は晴れだって昨日の天気予報で言ってたよ。――悠紀くんが良ければ公園まで散歩でもしよ。まだアジサイ咲いてるって」

「ん」

朝の挨拶《あいさつ》と今日の天気とちょっとした小ネタ。いつものルーティンだ。

嬉しくて楽しくて、胸が躍《おど》る。

「友也」

友也の手と自分の手をゆっくりと繋ぐ。

「これからも俺をよろしく」

この先もずっと毎日一緒にいられるように。

悠紀は勝手に甘くなる笑みを隠さずに、友也を見つめ囁いた。

あの夏のリベンジ

ANONATSUNO
REVENGE

1

夏祭りに行こう、と誘ったのは自分だった。

一緒に行くのは毎年ふたりの間で恒例となっていたのに、今年は隣家《りんか》に呼びに行くのに勇気が必要だった。断られなかったことに胸を撫で下ろす、なんて初めてだった。

裏道は暗いから国道を回って神社へ行くように、と親には言われたけれど、そんな忠告を聞いたためしはない。親曰《いわ》くの裏道は住宅街の中を抜けていくため、祭りの日に限っては人通りが多く、危険はないのだ。

日が暮れてすぐの空は、まだ山の際に橙色《だいだいいろ》を残している。ただ、ほのかに明るいせいで逆に夜目《よめ》がきかず、道行く人々の顔はよく見えない。

こういうのを黄昏時《たそがれどき》と呼ぶのだろう、と北条友也《ほうじょうともや》は隣を歩く人影をこっそりと見上げた。

もう小六になるというのに、親に着付けられた浴衣《ゆかた》姿の自分が子供っぽく思えて恥ずかしい。反して、Tシャツにハーフパンツを身に着けた長尾悠紀《ながおゆうき》は、大人びて見えた。

黄昏――誰《た》ぞ彼《かれ》、ではない。ちゃんと悠紀だ。

いつのまにか恋の相手となっていた、かわいくてかっこよくて面白い幼馴染《おさななじみ》。

その健《すこ》やかさが眩《まぶ》しくてふと視線を落とすと、伸びやかでまっすぐな脚が目に入る。中学生の悠紀の制服は当然ながら長ズボンで、おかげでハーフパンツから出た部分は日焼けしておらず白い。暮れかけの夜道、颯々《さっさつ》と歩みを進めるその脚の白さに、友也はやましいものを感じてしまう。

——……俺って、気持ち悪い。

みっつ年上の幼馴染を好きなのは昔からわかっていた。でもそれがただの好意でないと気づいたのは、去年のことだ。性教育の特別授業の中で、同性を好きになる人もいると触れられた。それまで理由のわからなかった、もやもやした不定形《ふていけい》の不満や喜びに、あのとき恋という名前がついた。納得と混乱で情緒がおかしくなったのを友也はよく覚えている。

朝寝をしている悠紀のベッドへ上がり込んで抱きついたのはその頃だ。恋に浮かれた気分と、許される想いではないという対立する二項にぐらつきながら、でもそれを悠紀に悟《さと》られることはないだろうという侮《あなど》りがあった。だから無邪気なふりで抱きついた。

しかし自分の下で悠紀の身体はビクリと強張《こわば》った。

バレたのだ。友也の邪《よこしま》な気持ちが。

誰ぞ彼。誰だお前、と思っているのはたぶん悠紀の方だろう。ただの年下の幼馴染だったはずの友也を、得体のしれない何かだと感じているのに違いない。

だから昔の夏祭りでは繋《つな》いでくれた手を、今日は繋いでくれない。

それでも友也を嫌う素振《そぶ》りはなく、祭りを楽しもうという眼差《まなざ》しで、悠紀は尋ねてきた。

「友也、お小遣いいくらもらってきた？」

「ええと、千円」

「俺、千五百円」

中学生だから多い、と自慢げにしながら、食べたい屋台、遊びたい屋台を指折り数える悠紀は昔のままだ。

「焼きそば食べて、フランク食べて、あとかき氷。射的《しゃてき》とヨーヨー吊《つ》りやらないとだし」

「お金足りる？」

「俺は足りるよ。友也の金なくなったら奢《おご》ってやるからな」

「ありがと」

兄貴風を吹かされ礼を言うと、悠紀は胸を張ってニコニコする。盆踊りのチャカポコした鳴り物と朗々《ろうろう》とした歌声が聞こえ始め、さらに表情はわくわくとした色を強くする。

そんなにも昔通りの悠紀のままなのに、手は繋いでくれない。

——俺が悪い。

悠紀の態度は友也の迂闊《うかつ》さの結果だ。でも、何も握ることなく空いた手が寂しく切ない。

「友也、お腹でも痛い？　変な顔してる」

些細《ささい》な顔色の変化にも気がついてくれるのになと、友也は「大丈夫」と微笑《ほほえ》んだ。手持ち無《ぶ》沙汰《さた》な手をぎゅっと握ってから開く。

ちくちくした痛みが身体のどこかで生まれては散ってゆく。

去年まで履《は》いていたビーチサンダルと違い、兄からのおさがりの下駄《げた》は鼻緒《はなお》が太く、指の股《また》がこすれやすい。

今感じている痛みはそこで生まれているのだろうと、友也はできるだけ大股で、歩数が少なくて済むように歩《ほ》を進めた。

「ごめん、悠紀くん。痛くて歩けない、かも」

盆踊りのやぐらにほど近い場所に立つ銀杏《いちょう》にもたれかかり、友也はしょんぼりした。

すっかり日暮れて暗くなったおかげで、境内《けいだい》に張り巡らされた提灯《ちょうちん》は風情《ふぜい》ある橙のともしびとなっている。それでもまだまだ宵《よい》の口、祭りはこれからだとばかりに人はどんどんやってくる。そろそろ八時近いのだろう、幼稚園程度の子を連れた家族の姿はまばらになり、かわりに増えるのは中高生以上の友人同士やカップルだ。

そんな中、手を繋ぐことはなくとも、悠紀とうろうろするのは楽しかった。少なくとも親の監視なく祭りに来られる程度に自分も大人になっているのだと思えた。

最初に向かったのは悠紀のご所望《しょもう》通り、焼きそば屋台。しかしそのパックが案外と大きかったので「半分こにしよう」と友也は提案した。じゃがバタだのチョコバナナだのお好み焼きだの、目につくすべてを悠紀は食べたがっていたからだ。もし全制覇《ぜんせいは》を試《こころ》みるなら満腹が大敵だと力説《りきせつ》する友也に、悠紀は目を細めて「友也は計画性があるなあ」と褒《ほ》めてくれた。

祭り特有の空気の中、食い歩きばかりしたわけではない。釣りすぎたヨーヨーを子供にあげたり、息を吹くたび伸びる笛で、ピーピー音を鳴らして何を言ったか当てっこしたり、昔に戻ったようでとても楽しかった。

だから屋台巡りをする間、鼻緒でこすれる痛みはじんじんと強まっていたのに友也は無視し続け——とうとう一歩も歩きたくないくらいに擦《す》り剝《む》けてしまったのだ。

「ほんとだ、血ぃ滲《にじ》んでる。ちょっと待ってな、ばんそこもらえるかも」

友也の足元にしゃがみこんでいた悠紀は、立ち上がるとお祭り本部のテントへと駆け出した。

やっぱり自分は子供だ。

どんよりとした気分が頭の上に降りてくる。

我慢し続けることができたならば、こうして悠紀に心配をかけることなく家まで楽しく帰り着くことができただろうに、弱くて薄い子供の皮膚は、強く大きくなりたいという気持ちに寄り添ってくれない。

いや、まだ歩けるうちに絆創膏《ばんそうこう》を貼っていれば、家に帰るまではどうにかなったはずだ。悪いのは子供の身体ではなく、子供と思われたくなくて無駄な我慢をした、その判断こそだろう。

——考え方も身体も子供のくせに、悠紀くんを好きだなんて……。

頭上の重石《おもし》はずっしりと、友也の心まで圧《お》し潰してゆく。

その時だ。

「あっ、ほんとだ、友也相当痛いんじゃねえか？　そーいう顔してる」

底抜けに明るい、陽《よう》の気を纏《まと》う声がうつむく友也の耳に届いた。顔を上げた目に映ったのは、提灯の明かりを背景にキリっと濃い眉を笑みで緩《ゆる》める長兄《ちょうけい》、勝斗《まさと》と悠紀が並んで歩く姿だった。

「お祭り本部の横にテーブルがあってさ。なんと勝斗兄がそこで焼きそば食ってたんだよ！」

にこにこ嬉しそうに悠紀が笑う。

大学生になった勝斗は泊まり込みのリゾートバイトで、夏休みに入ってからずっといなかったのだ。そういえば今日が帰ってくる日だったのか。しかしなぜこんなところに、と大きなリュックを背負った姿を友也は見上げる。

「さっき着いたんだよ、そこのバス停。そしたら提灯下がってて、あっ祭りか！　てな。腹減ってたし焼きそば食ってた」

「友也が歩けないって言ったら、速攻食べ終わってくれてさ」

家まで連れて行ってくれるって、と悠紀が勝斗のやさしさを手放しで褒める。

これはまた自分はおんぶをされてしまう流れなのだな、と友也は礼を言いつつも気持ちが沈む。その昔、川辺で転んで悠紀に背負われたときから、自分は何ひとつ変われていない。

友也の足元にしゃがみこんだ兄がペットボトルの水で、擦り剝けた指の股を洗ってくれる。染みるけれど、気持ちいい。悠紀も勝斗の隣に屈《かが》み、お祭り本部でもらえる手ぬぐいを渡したり絆創膏を差し出したりする。まるで手術の助手だ。

仲の良いふたりの頭を見下ろし、心がより打ち沈むのを感じる。

だって、悠紀の雰囲気が違う。

さっきまでの、友也とふたりきりだった際のお兄さんぽい緊張感はなく、頼れる相手が来た安堵《あんど》ですっかり緩んでいる。ほわっと空気が軽くなっている。それは友也の好きな悠紀で、一番そばで見ていたい悠紀だ。自分と一緒のとき、悠紀にはゆったり緩んでいて欲しい。

でも、その安心を、今の友也は与えてあげることができない。

——昔は違った。

無茶や無謀《むぼう》と思える面白いあれこれを発想して実行に移すとき、悠紀は友也を誘ってきた。ほんとに危ないことは友也が止めてくれるという信頼が安心となっていたのだ。

けれど、あの川辺の日。その安心はただの錯覚《さっかく》だったと気づかれた。友也はしょせん身体も出来上がっていない子供だとバレてしまった。自分がしっかりしなくては友也が怪我をすると、悠紀はあのとき理解してしまったのだ。今日だって、友也が歩けなくなるまで連れまわしたと反省しているに違いない。

「うーん。一応絆創膏貼ったけど、歩くのはやめた方がいいな」

「……大丈夫、だよ」

手当てを終えた兄がおんぶしてやるというのを、どうにか友也は断る。ここから家まで、十分と少し。歩ける、と見せるために友也は痛みをこらえて下駄に足を戻し、もたれかかっていた銀杏から背を離した。しかし途端に痛みに負けてよろけてしまう。

倒れかかった先には悠紀の身体があって、驚いたその顔がスローモーションで見えた。

触れては、いけない。

ほんの刹那《せつな》にどうしてそんなことを思ったのか。思ったところで避けようはなく、反射的に出た手は悠紀の二の腕を摑んでしまったけれど。

——あ……。

びくりと、自分の小さい手の下で悠紀の身体が揺れた。遅れて「大丈夫か」という声。ためらうような動きを見せて自分の肩に添えられる悠紀の手のひら。それが案外と強い力で友也の身体を引き剝《は》がすと、そのまま兄の方へと押し付けた。

踏ん張ることのできない足のせいで身体は流れ、まだしゃがみこんでいた兄の広い背中に手のひらをつく羽目《はめ》になる。

「意地張らないでお兄ちゃんにおんぶされるんだな」

明るい勝斗の声に促《うなが》され、友也はもう「ありがとう」と言うしかなかった。

そうだ。手も繫いでもらえなくなった自分が、悠紀に安心感を与えられる人間になるなんて夢のまた夢だ。

「下駄は悠紀、持ってやってくれよ」

「うん」

友也を背負った兄が、悠紀に使命を与える。いつもなら「イエスサー」などと張り切った返事をする悠紀が、珍しく頷くだけだ。そのかわり、友也が掴んだ二の腕を見つめている。

何を思っているのだろう、と思う間に、兄は歩き出した。

身長百八十センチを超える兄の背から見る境内は、普段の視界と全く違っていた。すぐ隣には、自分の下駄を手にした悠紀のつむじが見える。ふわりと軽い髪が階段を降りるたびに揺れる。いつも見上げるばかりのその姿が小さく見える。

常々背が高くなりたいと願っている友也だけれど、でも今は全然嬉しくない。

「なんだ悠紀、静かだなあ」

勝斗のことが大好きで、一緒にいると何かしら話しかけている悠紀が黙っているのを、勝斗も不思議に思ったようだ。けれどこちらを見上げた悠紀は、眉を下げてほんのりと笑った。

「あ、ううん、おなかいっぱいになったなーって思ってただけ」

「おいおい、食いすぎか？　腹壊すなよ」

「大丈夫。友也が計画立ててくれたおかげで、食べたいの全部回れたから良かったな、って」

「そっか」

悠紀は勝斗に向かい、友也が半分こにする提案をしてくれたので色々楽しめたと力説を始めた。食べ歩きだけじゃなく色々遊んだ話もして、いちいち「な、友也」と語りかけてくれる。

悠紀が笑顔を見せてくれて嬉しいのに、嬉しくない。

気遣われているのだ。張り切りすぎて歩けなくなったことを友也が恥じていると、悠紀はわかっているのだろう。今まで自分と悠紀の間には存在しなかった気遣いを、距離が開いた結果と感じるのは被害妄想なのだろうか。

じわ、と街灯の光が滲む。

何が自分の心を痛くしたのかわからないけれど、勝手に目から涙が溢れてくるのが止められず、友也は兄のがっしりした肩に顔を埋《うず》めた。Tシャツの布地が温かく濡れてゆくことに気づいただろうに、兄は何も言わず、抱えた友也の足をあやすようにポンポンしてくれた。

2

──ああ……嫌なこと思い出したな……。

八月に入るなり実家から届いたダンボールを開き、北条友也《ほうじょうともや》はそっとため息を吐《つ》いた。

すでに自分は大学三年生で、ここは故郷の街ではなく東京で、しかもマンションの隣人は『恋人』となった長尾悠紀《ながおゆうき》だというのに──「東京でも夏祭りはあるでしょう」と母が送ってくれた荷物の中に下駄《げた》を見つけた途端、心は子供時代に戻っていた。

鬱屈《うっくつ》していた期間があまりにも長すぎて、小さい身体と未熟な精神を恨んでいた当時の思い出は、今も友也を容易に打ちのめす。

身体ばかりは大人になったものの、メンタルはまだまだ子供ということなのかもしれない。

「……まあ、もう習《なら》い性《しょう》ってやつだよね」

悠紀には見せないようにしているこの薄暗さは、すでに自分の本質となってしまった。そうロに出すと、言っても詮無《せんな》いことだと実感され、案外と吹っ切れた気になる。『悩みがあったらとりあえず声に出す』は、悠紀の行動を形ばかり真似たものだ。当の悠紀は難しい理論など何も考えずしているようだけれど、よく陰《いん》に入る友也のメンタルコントロールには大変役に立つ。

気を取り直し、友也はダンボールへ目を向けた。

祭りの日のトラウマを呼び起こした下駄は、なぜか二足。箱内の一番上に載せられているそれをひょいと脇に除《よ》けると、その下には浴衣《ゆかた》も色柄違いで二枚入っていた。どうやら悠紀の分も一緒に送ってくれたようだ。

これはいい。夏祭りでできた傷は、夏祭りでリベンジすべきだ。

せっかく想いを伝えあって初めての夏。友也の真夏の思い出が子供時代の苦《にが》いアレのまま終わってしまわぬよう、ぜひとも楽しく浮かれた経験で上書きしたい。

下駄と浴衣の他、雑多《ざった》に詰め込まれていた新品の下着や、部屋着にしかならないようなプリントのついたTシャツ、ちょっといいそうめんの束《たば》やら詰め替えシャンプーといった母親チョイスの物資を片付けた後、友也はスマホを手に友人に連絡を入れた。

いきなり連絡をした友也に嫌な顔をすることなく、昼下がりに待ち合わせたカフェで友人は目当てのものを渡してくれた。

八月の終わりに開催される花火大会の観覧チケット。

友人の親が毎年仕事の関係で入手してくるそうだが、ここ数年は人に譲《ゆず》っていると言っていた。同じ人間に何度も融通《ゆうずう》するのをよしとしない友人は、友也に快く譲渡《こころよじょうと》してくれた。

――慣れたつもりだけど、東京ってやっぱり人多いんだな。

地元の花火大会も河川敷《かせんしき》やら大きめの競技場やらで行われていたが、チケットが販売されるなんて聞いたことがない。自分が知らないだけかもしれないけれど、そんなものなくても十分大きくきれいな花火が見られた。空が広いからだろうか。

ともあれ、チケットは食後に悠紀に披露《ひろう》することにして、友也は本日の夕飯、夏野菜カレー用の素揚《すあ》げを始めることにした。悠紀から『今駅ついたけど買ってくもんある?』とメッセージが届いたのだ。悠紀が食卓に着くころに食べ頃の熱さに落ち着くだろう。

しゅわしゅわと、油の中で空気の泡を放出している茄子《なす》を眺める自分が、ほのかに笑んでいるのに気づいて友也はなんだか幸せな気分になった。

これから帰る、と悠紀が連絡をくれた。ただそれだけのこと。

けれど今の自分は、あの頃あんなに悠紀に感じてほしかった安心をちゃんとあげられているらしい。もしかしたら毎日の小さな積み重ねで、とっくに当時のリベンジを果たしているのかもしれないなと思うと少し楽しかった。

茄子にカボチャ、パプリカ、ズッキーニを載せたカレーは、悠紀の気に入ったようだ。

「いやー、夏野菜カレーってうまいなあ。見た目きれいなだけじゃんって偏見《へんけん》あったけど、めちゃめちゃうまかった」

自分で買ってきた食後のミルクレープにフォークをさしつつ、悠紀は笑っている。

「気に入ってもらえてよかった。野菜も食べられるしいいよね。次は目玉焼き乗っけてあげる」

「カレーに目玉焼き！　絶対合うやつじゃん」

にこにこリラックスした笑顔を見せる悠紀がかわいくてたまらない。ついうっとり眺めると、視線に含まれる愛《いと》しさに気づいたのかにわかに悠紀は挙動不審になった。

「友也の、そういう顔、まだ慣れないな……」

文句だか文句じゃないのだかわからない呟きが、フォークを当てた唇から漏れている。単にケーキを口に運んだところで友也の眼差《まなざ》しに固まってしまったからそうなっているだけなのだろうけれど、拗《す》ねた仕草にも見えてやっぱりかわいい。

「別に慣れなくてもいいじゃない。俺も慣れてないよ——悠紀くんにキスするのとか」

「う、嘘だっ。なんかお前ほら、ちょっとした隙にちゅーってしてサーって通り過ぎて、なんか外国の映画の挨拶《あいさつ》みたいにするじゃん！」

口を尖《とが》らせ文句をつけてくる悠紀もかわいい。

基本的にはかっこいい大人のはずなのに、恋人になったらなんだか悠紀は友也の目に、えらくかわいく見えるようになってしまった。だからつい、通りすがりに飼い猫を撫《な》でるような当たり前さで悠紀の髪や頬にキスをしてしまうのだ。けれど、相手は猫じゃなくて恋人なわけで。

「……キスなんかしたら、すぐ離れないと、もっとくっついてたくなるじゃない」

だからすぐに離れるのです、と友也の方も咎《とが》めるような口調で告げた。語調だけなら言い合いのようだけれど、実のところ文句に偽装《ぎそう》していちゃついているだけだ。それがわかるから、最終的にふたりとも、しばし照れた顔でもくもくとデザートのコンビニスイーツを口に運ぶこととなった。

「それよりさ、実家から浴衣送って来たし、あれ着て花火大会行かない？」

コーヒーに口をつけたのを機に友也が話しかけると、悠紀の瞳が光を含んできらきらした。本当に、開け広げで隠すところのない、心と表情が連動しているこの幼馴染《おさななじみ》が好きだ。

「行く行く！　隅田川《すみだがわ》……はもう終わってるよな」

「うん。それじゃなくて、外苑《がいえん》花火大会。八月の最後の週末なんだけど、悠紀くん休みだよね」

「普通の土日だろ？　なら大丈夫。そっか、花火大会って隅田川だけじゃないんだよな」

「結構あちこちでやってるね。実はこれ、友達にチケット譲ってもらってさ」

勿論《もちろん》金銭関係をきっちりしている友也はちゃんと支払いをしているが、それは悠紀には内緒だ。絶対に「金は大人に出させろ」と言い出すに決まっている。それでは友也の夏のリベンジは完全なものにならない。だから金額が見えないように一瞬だけチケットをちらつかせるとすぐに封筒へとしまう。

「なんか観覧会場は野球場で、チケットで人数制限してるからシート敷いて座ってのんびり花火見られるらしいよ。屋台もあるっていうから、食べ歩きもできるし、いいよね」

「座って見られんの？　いいなあ、昔みーくんと隅田川行ったとき、ずーっと歩くしかなくてすっごい疲れたんだよ」

「……へえ。混んでたでしょ」

「もう屋台で物買ってもどこで食うのって感じ。帰りもさ、改札通るのも行列出来ちゃうくらいで」

大変だったなあ、と思い出を語る悠紀にはまったく屈託《くったく》がない。

先月、悠紀が兄貴分と慕《した》っている――本人は「そんなんじゃない」と言っていたがどう見ても慕っている――『みーくん』と、友也はとうとう顔を合わせた。

件《くだん》の『みーくん』は、想像とまったく違う外見をしていた。兄の勝斗《まさと》に似たところなどひとつもない小柄な青年で、一瞬ひどく安堵した――のだけれど、喋《しゃべ》るとただの兄貴だった。だから結局、悠紀の先輩である彼に対する嫉妬はほとんど解消されていない。

だが悠紀はその顔合わせによって、友也の『みーくん』に対する心象は改善されたと思っているようなのだ。高専《こうせん》時代からずっと『みーくん』の話題は取り扱い注意だったのに、このところ気をつける様子が一切なくなった。

まあ、友也も悪い。嫉妬を見せつけすぎて嫌われたくないからと、ポーカーフェイスの下に隠すようになったのだから。悠紀がその裏側に気づかないのは仕方ない。それに、

「みーくんとは、他にどんなところ遊びに行ってるの？」

悠紀が楽しげに語る顔を見たいがために、いつもこうして突っ込んだ質問をしてしまうのも馬鹿だ。自分はマゾヒストなのだろうか。

「うーん、冬は遊園地のスケートリンクとか？　あ、山梨のロックフェスに連れてってもらったこともあるなあ」

「いいお兄ちゃんだね」

「ほんとなんか、勝斗兄っぽいんだよなあ。あ、新宿の二丁目はダメって言われた」

「二丁目って……ゲイタウン、ってやつ？」

「そー。なんか『お前みたいなツラいいくせにアホなやつと一緒だと確実にめんどくさいからダメ。ひとりで行くのも禁止』だって。ひどくないか？　アホではないよなあ俺」

「…………アホ、とは、違うかな」

「ちょっと、なんでめちゃめちゃタメ作ってんだよ友也！」

鈍《にぶ》いのとアホなのは違うだろ、と力説《りきせつ》する悠紀を眺めつつ、二丁目に近寄らせないでいてくれた『みーくん』に少しだけ友也は感謝した。

思うに、自分が『みーくん』に対して感じる反発心は、嫉妬の他、あのいまいち掴みどころのないキャラクターにあるのだと思う。それとなく悠紀を守ってくれているのも、向こうが上手《うわて》だと思い知らされ腹立たしさを覚える。さらに、顔合わせの別れ際に囁かれた「悠紀はアホだけどかわいいからよろしく」という言葉には恐れすら抱《いだ》いた。

だって、そんなふうに悠紀をよくわかっていながら悠紀に恋しないなんて理解不能だ。

自分よりうんと小柄なくせに年上らしいメンタルの腹立たしい男。嫌いというよりは訳が分からなくて恐れている。では、よく知れば怖くなくなるかと、悠紀に人となりを尋ねればどうしても楽しい思い出話が持ち出されるから、結局友也はダメージを受ける。まさに鬼門《きもん》。

なんてことをつらつら考えていたら、ふとしたように悠紀が尋ねてきた。

「花火見るのにチケットいるってのが驚きなんだけどさ、それくれた友達は一緒に行かないのか？」

「うん、チケット二枚しかないから。他に誰か来るかもって気にしなくても大丈夫だよ」

「んー。知らない人と会うの俺は好きだから別にいいんだけど、そうじゃなくてさ。二枚しかないの貰《もら》ったんならなんかお礼しよ。どんな感じの人なんだ？」

テーブルに両肘《りょうひじ》をついて悠紀が見つめてくる。

チケット代は渡してあるし、カフェランチを奢《おご》ったので気にしなくてもいいことではある、のだけれど。案外と律儀《りちぎ》な幼馴染の提案が妙に嬉しくて、友也は友人をどう表すか考える。

「口は悪いけど落ち着いてる感じ……？　老成《ろうせい》してるっていうか」

「類友《るいとも》かよ」

「えっ。俺は全然老成してないでしょ？」

まさか、と口にすると悠紀は言葉を探すように目を閉じ腕を組んだ。

「落ち着いてて頼りがいがある……？　大人らしい？　俺よりお兄さんぽくてムカつくとか」

「褒《ほ》めてるのかムカついてるのか、どっち」

表情と同じくらい言葉も開けっ広げな悠紀には本当に参る。ついにやけそうな口元を手のひらで覆《おお》い隠して友也は文句を言う。

「褒めてる方が多いかも……？　って、それはいいんだよ。老成してる大学三年って何が嬉しいんだろうな？　酒のつまみとか？」

「父の日のプレゼントじゃないんだから。うーん……演劇部で脚本？　演出？　そういうのやってるからなんかこう物事を俯瞰《ふかん》してててそれで落ち着いてるんだと思うんだよね」

「脚本かあ。ならチョコとか？　ほら、頭使うと糖分使うって言うじゃん」

我ながら良い提案、とニコニコしている悠紀を眺め、友也は頬杖《ほおづえ》をついた。

悠紀はこうして、顔も知らない友也の友達に気を遣ってくれる。片や自分は顔を合わせた今すら『みーくん』に嫉妬をめらめら燃やしている。まったく人間ができていない。

「悠紀くんて、いい人だよね」

「いい人、は体《てい》のいい断り文句だって今川《いまがわ》さんが言ってたから、悠紀に言われると微妙だな」

「今川さんて悠紀くんの職場の先輩の」

「うん。婚活をするアラサー」

「……はあ」

ついため息が漏れてしまった。

「なんだ、どした？　ミルクレープで胃もたれした？」

「ミルクレープは美味《おい》しかった」

友也はふるふる首を振った。悠紀の口から親し気《げ》な人の名が出るたび、羨《うらや》ましく妬《ねた》ましい気持ちが湧く。小学生の頃から全然自分は成長していない。けれどそんなダウナー思考でどんよりしている友也を前にしても、悠紀はにこにこしていてかわいい。

もう、正直に気持ちを言ってもいいかもしれない。少なくともこんな質問で自分を嫌うことはない、という信頼を、今の悠紀に対して抱いている。

「ねえ。俺ばっかりやきもち妬《や》いてて、悠紀くんうざくならない？」

「うざくはないけど」

「……けど、なに」

上がらないテンションでテーブルに顎《あご》を乗せたまま悠紀を見上げると、素直で明け透《あす》けな恋人は、つーっと視線を横に逃がして口を尖らせた。

「やきもち妬いてるのは友也ばっかり、ってのは誤《あやま》りです」

「え」

「その、チケットくれた友達とか。あと酒飲んで泊まった子とか、友也に頼られたり頼ったりできる友達がいんの、すごい嫉妬してんだけど」

「え」

「……友達泊まったって聞いたとき、実はすげえモヤモヤしてたからな」

「ええ……」

ぐぐぐ、と身体が勝手に起き上がった。テンションが上がってきた。

そういえば、と友也はあの日を思い出す。友人が泊まった翌朝、おにぎりを用意しておいたのになんだか様子のおかしいことをあれこれ言った挙句《あげく》、悠紀は仕事に行ってしまったのだ。

「あれ、妬いてたんだ……」

「だって友也って友達といるところ俺に見せたことないじゃん。昔はずっと俺としか遊んでなかったし、その後は俺、家出ちゃったし。だから、仲いい友達たくさんいる話聞くと、妬ける」

「チケットくれたのと、泊まったやつ同一人物だから。たくさんはいないよ」

「――ひとりと深く仲がいいのも妬けるなあ」

苦笑して悠紀が呟く。嬉しがらせることをさらりと言ってのける幼馴染兼恋人はずるい。

手を伸ばし、テーブルの向こうにある悠紀の手に手のひらを合わせ、友也は指を絡《から》めた。

「一番深く仲がいいのは悠紀くんじゃない」

「まあ、そうだけどさ……」

仲がいいのベクトルが違わないか、と苦笑を深くした悠紀だったが、ふと何か思いついたようにそっと目を伏せた。照れている、もしくは、恥ずかしさを隠そうとしているときの仕草だ。

「明日も会社だから、あの、あれだけど。今日、一緒に寝てもいいか？」

「いいよ」

おずおずと申し出る悠紀に、もちろん不埒《ふらち》な想いは湧きまくるのだけれど、セックスなしと明言されてもなお、友也は一も二もなく即頷く。

――だって。

十年来の想い人を抱き締めて眠るなんて幸福を逃《のが》す馬鹿はどこにもいない。

3

八月の終わり、花火大会の日は朝から快晴だった。

前日遅かった悠紀《ゆうき》も、昼近くまで眠ってすっかり回復したようだ。花火会場はかなり早くから開いているということで、昼食を軽く摂《と》ったあとふたりはさっそく出かけることにした。

浴衣《ゆかた》の大きさからして、黒とグレーの縦縞柄《たてじまがら》が友也《ともや》、紺地に白で麻《あさ》の葉《は》柄が入ったものが悠紀のようだ。羽織《はお》るとどちらもすっきりと凛々《りり》しい。せっかくの浴衣だ、かっこよくきっちり着こなしたいものである。

だがまあ、ふたりでやる気満々で臨《のぞ》んだものの、慣れない着付けは結構時間がかかった。母親に連絡して、アドバイスをもらっていたら、奮闘し始めてから一時間ほどが経過していた。

だがまあ、和装というのはなぜか気が引き締まる。スマホを構えて友也を写した悠紀が、うっとりした眼差《まなざ》しになっているのもいい。かわりばんこで写真を撮ったあと、ふたりは花火大会へとくりだすことにした。

降り注《そそ》ぐ日差しの下、カラコロと下駄《げた》を響かせる悠紀と駅へと向かう。財布を入れた小さなバッグだけの身軽な悠紀と違い、友也は大きめのトートを肩にかけている。

大会サイトを事前にチェックしていた悠紀は、花火開始前にアーティストのライブもあると知ってうきうきと楽しそうだ。残念ながら出演者は知らない人ばかりだったが、思えば悠紀とあまり音楽の話をしたことがない。デートらしいデートもこれが初めてだし、そのうちカラオケに行ったりするのもいいな、なんて今後の計画を頭の中でまとめるうち、目的地に着いた。

開場から少し時間は経《た》っているものの、まだ入場には列に並ばないとならないようだ。

人波に押され、たまに悠紀と身体がぶつかっても、びくりと警戒されることはない。あの夏祭りの日のような苦《にが》い気持ちは、今日は湧くことはなさそうだ。

「いい場所取れてよかったなあ」

受付で貰《もら》ったビニールシートを芝生《しばふ》の上に並べて敷いて、悠紀がさっそく腰を下ろした。隣に並び、友也はバッグから大きめのクッションをふたつ取り出す。

「まだ人増えそうだから、トイレとかふたりで一緒に行くと場所詰められちゃったりしそうだし気をつけよう」

「目印ないと迷いそうだしな」

地元の神社で待ち合わせるのと違って、ご神木《しんぼく》や手水場《ちょうずば》のような目印はない。何しろ球場なので、だだっ広いだけだ。一応、赤いコーンで通路が区切られ、区画番号の札も出ているけれど、往来がもっと増えたらそんな標識は人波に紛《まぎ》れて見えなくなるだろう。

「友也、なんか荷物大きいと思ったらこんなの持ってきてたんだな」

友也から受け取ったクッションを尻の下に敷いて、悠紀が「先見《せんけん》の明《めい》」と褒《ほ》めてくれた。席を立つ際に、風でシートが飛ばされずに済むもの、と考えたのだが、いい選択だったようだ。

友也たちが陣取ったのは通路際、しかも社会人らしき六人グループがすでに場所取りしていた隣だったので、人が増えてもぎゅうぎゅう詰めにならずに済んで幸いである。

夏至《げし》から二ヵ月経って、ようやく日没が早くなってきた。ゆっくりと傾いた陽射しの中で始まったライブが終わる頃には、空はその端にオレンジの光を残すのみになっていた。

ちなみに途中、悠紀がトイレに立った帰り迷わず戻ってこれたのは、隣の社会人たちが罰ゲームをしていたおかげだ。じゃんけんチャンバラをして最下位だった人が、赤いアフロかつらをかぶって買い出しに行くというものだった。買い出し帰りのアフロを、トイレ帰りの悠紀が発見して、こっそり道しるべにしたというわけだ。

正直なところ、大人になったら大人らしくせねばと思っていた友也にとって、お隣グループのはしゃぎようは目から鱗《うろこ》だった。どう見積もっても悠紀よりさらに年上に見える人々が、小学生のような遊びをして爆笑し楽しんでいるのである。

「大人って奥が深いね、悠紀くん」

「おっ、俺の奥深い魅力がわかるようになったか」

何もわかっていないままノリで答える悠紀は本当にかわいい。

まあたしかに、小学生時代と変わらないまま大人になっている悠紀は魅力的だから、人間、無理に大人らしくならなくてもいいのかもしれない。

つらつらそんなことを考える友也をよそに、悠紀は隣のグループのイケメンと会話している。

「実はアフロさんのおかげで迷わずトイレから戻ってこられました」

「アレいい目印ですよね。ずっとかぶっててもらうので安心してお出かけしてください」

「わーありがとうございます」

なんというコミュニケーション能力だろうか。悠紀は友達に対して「友達が多い」なんて言うけれど、悠紀の方が間違いなく友達だらけだ。

すでに習い性となった嫉妬で胸の内を焦《こ》がしていたら、アナウンスが会場内に響いた。とうとう、花火の打ち上げ時刻がやってきたのだ。

ちょっと拗《す》ねた気持ちで体育座りしていた友也に、どす、と悠紀が身体をぶつけてくる。そのままバランスを取り損《そこ》ねてぺったりと寄りかかってくるものだから、コミュ強《きょう》悠紀に物思う憂鬱《ゆううつ》はすっかりすっ飛んでしまった。

「悠紀くんはほんとかわいいなあ」

「う、うるさいな。ほら、花火上がったぞ」

悠紀に促《うなが》され、ほぼ真上に上がったそれを、友也は首をのけぞらせて眺めた。

これは珍しい角度だ。実家では、二階の窓から悠紀と共に遠くの河原の花火を横から眺めていた。まあ、中学に上がった頃にはもう、花火を見る自分の隣に悠紀はいなかったのだけれど。

今は違う。花火の角度も、隣に悠紀がいることも。その差異だけで口元が綻《ほころ》んでしまう。

花火は、オープニングサービスと言わんばかりにポンポンと、ひっきりなしに色とりどりに夜空を埋め尽くす。風がそこそこにあるのか、弾《はじ》けた花火を一瞬隠す煙はするするとたなびいて消えてゆく。

地元の花火大会では終わり間際にしか見られない派手な打ち上げにしばし友也は見入った。

そんな友也の、後ろ手についた右手を、そっと悠紀の手のひらが覆《おお》ってきた。

「花火、きれいだなあ」

「……うん」

隣を見ようとした動きを制するように囁く悠紀に頷いて、友也はうっとりと満ち足りた気持ちでまた顔を上げた。


オーソドックスな丸い花火だけでなく、ハート形や大人気ゲームのモンスターピカチャマ形をした花火など色々と凝《こ》ったものも上がるものだから、いつまでも空を眺め続けてしまう。

とはいえ三十分近く見上げ続けてさすがに首が疲れて来た。そう感じ始めた頃、悠紀が「あっ」と叫んで立ち上がった。脱いでいた下駄に足を突っ込んで、出歩く準備万端《ばんたん》だ。

「トイレ？」

「焼きそば食べてない！」

「そうきたかあ」

お祭りといえば焼きそば、という悠紀にしては今回食べてないなと思ったら、メインディッシュは後回しだという。子供の頃は真っ先に好物に向かっていたのに、大人になったものだ。

幸いなことに真上に打ちあがっているので、席を離れたら花火が見えなくなるということはない。慣れない浴衣姿で座りっぱなしだったから身体がバキバキだし、ほぐしがてら、ふたりは会場内をうろつくことにした。

花より団子の人々も多いのか、花火が上がっていても屋台は盛況《せいきょう》だ。まあ自分たちも人のことは言えない。ドン、という音のたびに見上げ、しばし眺めては再び屋台の品定めをして歩く。

「チョコバナナある！　最初にあれ買っていい？　俺、りんご飴《あめ》よりチョコバナナのが好き」

「悠紀くん、りんご飴《かじ》って割れた飴、自分の歯が欠けたと思って泣いてたことあったもんね」

「ちょっ、おい、おま、それ小三のときのことなんだけど！　なんで友也覚えてんだよ」

「悠紀くんのことはなんでも覚えてるよ」

「かっこいい台詞《セリフ》だけど今言う場面じゃないだろ」

「おばさんにバレないようにカップアイスの蓋《ふた》舐めたのに、鼻の頭にアイスくっついててバレたのも覚えてるよ」

「それ小二のとき～……友也幼稚園生だったくせになんで……」

「だから悠紀くんのことは」

「言わなくていい」

もう、とふくれつつも悠紀は先に行ってしまうことはしない。

それどころか――ごく自然に、手を繋《つな》いできた。

「……悠紀くん」

嬉しい、けれど、人目がつい気になって友也はその手を握り返せない。先程、自分たちのシートでこっそりと手を重ね合わせていたのとは状況が違う。

近場でかき氷の列に並ぶ女性ふたりが、こちらを見て超高速で肩を叩き合っている。大学の女子が推《お》しバンドの動画鑑賞中にやっているのと同じ動作だから悪い意味は含んでいないのだろうが、気にされているのはわかる。

「悠紀くん、手」

「あー。俺、はぐれたら絶対元の場所わかんないし。繋いでてくれよ」

短く呟いた友也へ、ひときわ大きい声で悠紀は告げた。それで、繋いだ手に正当事由を与えてくれたのだと気づく。

だって、はぐれたって戻る場所がわからないなんてことはない。何しろ隣のグループには赤アフロがいるのだ。

「友也が嫌なら離すけど。嫌じゃないだろ」

ひそ、と笑いかけてくるその顔は、いたずらに誘う子供の頃の笑顔だ。やりたいことをやるときの笑顔。悠紀は繋ぎたいから手を繋いでくれている。

「……ほんとは嫌じゃない」

「ほんとは、って？」

口にせずともいいのについ零れた言葉尻を、悠紀が拾った。

「周りを気にしなければ、って意味」

「ああ、そういう」

大変軽く、納得の言葉を呟いている。でも繋いだ手はそのままだから、友也の物思いを理解しての相槌《あいづち》なのかはよくわからない。

「友也は？　チョコバナナ食う？」

「俺は冷やしキュウリがいいな」

「ヘルシー野郎め。――ちょっと買ってくる」

文句だかなんだかわからない言葉を投げかけると、繋いでいた手をあっさりと離して悠紀はチョコバナナ屋台へと小走りに向かってしまった。

周りが気になる、なんて言ったから、友也に遠慮して自然に手をほどいたのだろうか。少し気になって手のひらを眺めていると、かき氷ほど並んでいなかったせいもあってか、チョココーティングにカラフルなスプレーチョコをまぶされたバナナを手にした悠紀が戻ってきた。

そうして、離れたときと同じくらいあっさりと、また友也と手を繋ぐ。

「冷やしキュウリはあっちみたいだぞ」

「う、ん」

繋いだ手を、遠慮なく引っ張られるのが嬉しい。昔傷ついた心が癒《い》えていくようだ。

でも自分たちは今は、手を繋いでもおかしくない子供ではないから少し躊躇《ためら》う。

自分の心と他人の目。そこに齟齬《そご》があって、少しだけ腹の据《す》わりが悪くて――ふと気づく。

チケットをくれた友人と話したことを思い出した。

「どした？」

考え事をして歩幅《ほはば》が小さくなった友也に、悠紀も歩調を合わせ隣に並んできた。

「友達が泊まったときに話したこと、思い出してた」

「前に、俺のこと相談したとか言ってたな」

「うん」

頷いて友也は、自分が結構ぐるぐると考え込む面倒くさい質《たち》なのだということを、ぽつぽつと話し始めた。

弱くて駄目な子供じゃなくなっても、悠紀がゲイだとわかっても、世間が認めてくれるわけじゃない。そんなことに気がついて、せっかく悠紀の隣に引っ越したというのに、友也はなかなか自分の気持ちを打ち明けることが出来なかった。そんな内容だ。

「そしたら友達が言ったんだよ。周りの目と自分たちの関係は別って思えよ、って」

友人は演劇部の人間だ。いつも一緒に組んで舞台を作り上げている相手がいたのだという。周りからはふたりでひとつ、二人三脚、ニコイチ、そんなふうに思われていて、友人もそう思っていたと。でも友人はその相手を必要としているのに、相手は友人と一緒でなくとも舞台を作れることが判明してしまったという。

「周りがどんな解釈で見てても、人と人の関係はその人たちだけのものだ、って。ふたりの人間が関係を作るときには周りがどう思ってるかなんて実は全然関係ないんだ、って言ってた」

「ああ。わかるかも」

「悠紀くんはわかるんだなあ。俺はいまいち理解してなかったんだよ。だって、人に変に思われたら悠紀くんをどう守ればいいんだろって考えちゃってたから。でも今、やっとなんか納得したっていうか」

据わりの悪さは友也が周囲の目を意識してしまうが故《ゆえ》。

けれど悠紀が周りなど気にせず手を繋いでくれたことでようやく、大事なのは他人の目ではなく、自分たちの気持ちが双方向で向き合っているかどうかなのだという真意が腑《ふ》に落ちた。

だって、周りにニコイチ扱いされようと、友人は相手と向き合えていない。それは寂しいことだ。

「俺、もっと悠紀くんに集中しないとだね。悠紀くんは周りのこととか関係なく手ぇ繋いでくれてるんだもん」

「集中、は……してるだろ。むしろ俺に集中しすぎだって前、注意したよな」

「友達ともそれなりに遊んでるしバイトだってしてるから安心してよ」

「俺の休みに合うように短期集中バイトしか入れないのはどうなんだ」

照れ臭そうな顔で咎《とが》められてもかわいいだけだ。

「悠紀くんは？　ゲイだってわかったとき、周りの目とか気にしなかった？」

「うーん。悩んでなかったわけじゃないけど、まあ、世間がどうこうってのはなかったな」

そう言って、買ったばかりのチョコバナナの先端に情緒なく噛みつく。

「言ったじゃん。子供のお前にその。ほら。アレで。ゲイだってことに悩むってより、お前に不埒《ふらち》な気持ちを募らせる変態性欲者だと悩んでいたわけで」

「変態……言ってたね……」

「まあ高専《こうせん》でみーくんと会ったから世間どうこうはマジ考えなかったな。めっちゃオープンゲイだからあの人。俺に告《コク》ったときだって、周りのみんな『おっ、またみーくんが告ってるぞ』みたいな感じだったし」

「…………は？」

「ん？」

つい声が低くなった友也に対し、悠紀はきょとんとした顔である。自分が何を言ったか気づいていないのだろうか。

「……みーくんが悠紀くんに告った……？」

「え？　あ。あっ！　そういや言ってなかった」

えへ、と悠紀はなんの後ろめたさもない顔で笑う。

追及したい。したいが、『みーくん』に話を持っていかれたくない。簡単にあの鬼門《きもん》の名を出しやがって、と思うものの、その迂闊《うかつ》なかわいさに腹が立つ。

むに、と頬を引っ張る友也の手を、ぺしぺしと払い、悠紀は脱線した話を戻した。

「と、とにかく。俺にとって大事なのは世間じゃなくて友也だったわけで。大学生になった友也がでかくてかっこよくて、幼馴染のお前にまたムラムラするなんてヤバい！ってなったりして——お前に嫌われたくないってことばっか考えてたよ」

何を思い出しているのか、笑っているのに少し苦《にが》そうに眉を下げている。

きっと悠紀は自分がそんな顔をしていることには気づいていないのだろう。案外色々と感じているだろうに、本人は自分をとても単純な人間と認識しているらしい。

「悠紀くんて、結構複雑なとこあるよね」

「結構ってなんだよ。単細胞生物よりはがっつり複雑だよ」

「比較対象、単細胞生物でいいの」

さすがにゾウリムシより物を考えてるのはわかっている。そう告げた友也の言葉に拗ねたように、悠紀は冷やしキュウリ屋台へと友也の背を押し出した。

戻った友也が、パキ、と音を立ててキュウリを齧るのを見上げ、悠紀は「いい音させてるなあ」と笑いながらバナナを齧る。単細胞の件《くだ》りはすっかり忘れたようだ。かわいい。

そんな、あまり内容のない話をして笑って、ふたりはのんびり芝生の上を歩いた。どちらからともなくまた手を繋いで、言葉少なに、そうしていると周囲の音がよく耳に入ってくる。

花火が打ちあがる爆音。

見上げる人々の、何度目かわからない歓声。

今上がった花火が好みだという声、ひとつ前の方が好きだという返事。ぶつかった人々が謝り合ったり、空中で爆《は》ぜた花火の殻《から》が落ちてきたと見知らぬ同士が笑い合ったり。

友也が気になっていたよりもずっと、手を繋ぐふたりは人目を引かない。

ふとしたように悠紀が呟いた。

「たぶん俺、自分の気持ちと友也のことしか考えてなかったなあ」

「悠紀くんと……俺？」

「そう。世間にゲイだって知られたらどうしよ、とか全然考えなかったのはさ、俺が気になってたのは友也の気持ちだけだったから」

友也との間に距離をおいたこと、思いがけず友也に距離を詰められて困惑と嬉しさを感じたこと。

いつだって友也のことを考えていたと悠紀が語るから、胸が騒ぐ。なのに当の本人は照れ臭そうに、食べ終わったチョコバナナの割《わ》り箸《ばし》を咥《くわ》えて口先でプラプラさせているものだから、

友也はその木の棒《ぼう》を取り上げた。

「危ないでしょう、こんなの咥えて歩くの」

「ありがと」

「子供じゃないんだから」

「うん。友也は、いつも俺がやらかすのを止めてくれるなあ」

ぎゅ、と繋いだ手に力が籠《こ》められた。

体温が馴染みきったせいでやや意識の埒外《らちがい》にあった手のひらへ、友也は視線を落とす。気づいてしまうと、手汗が気になる。でもそれを離すことなく、どころか悠紀は指を絡め、恋人繋ぎにしてしまった。

「ずっと俺は周りの目とか考えないで、友也に嫌われないように軽蔑《けいべつ》されないようにってばっかり考えてたから——お前が俺のこと、おんなじ意味で好きだってわかって、すごい幸せ」

「……悠紀くん」

不意に目の奥がツンとした。

——悠紀くんて、ほんとずるい。

いきなりこんなふうに自分の胸をどうしようもなく幸福で満たしてしまう言葉を吐く。

繋いだ手はちょっとやそっとじゃ離れない形で握られていて、あの夏、繋いでもらえなかった手を恨んでいた自分へのリベンジは完遂《かんすい》だ。

ドン、ドン、と二連で音が炸裂《さくれつ》して、見上げると上空で煙と共に昔ながらの丸い花火が開いた。緑と赤の花は、開ききると白くキラキラと残光《ざんこう》を残して消えてゆく。

「きれいだなあ」

「……だね」

「来てよかった」

「うん……」

「焼きそば買わなきゃ」

「だね……。……え？」

「あっちに『お肉たっぷり！　一味違う俺の焼きそば』って屋台があった」

ほら行こう、と悠紀が繋いだ手を引く。

感動で視界を滲《にじ》ませていた涙はすっかり引っ込んでしまった。

なんなのだろう、このかわいい幼馴染――恋人は。

涙にかわり、こみあげるような幸せな笑いが溢れてきて、友也は思わず「悠紀くんはほんとにさあ」とぼやき声をあげた。ドン、と今度は赤と青の花火が上がる。

「そういうとこ、ほんと好き」

「え？　ごめん、花火で聞こえなかった！」

なんて言った、と聞き返されて、友也はいっそう笑えてくる。まるで告白をスルーされる漫画の主人公になった気分だ。

でも自分は尋ね返されても言い淀《よど》んだりはしない。先を行こうとする悠紀の手を引いて引き留めて耳に顔を寄せる。

「悠紀くんの面白くてかわいいところ、ほんとに好きだよ」

本心の言葉は、今度はちゃんと届いたようだ。

白っぽい花火の色に照らされた悠紀は照れが極まったのか、繋いだ手をブンブン振って友也から離れようとした。

だが残念ながら恋人繋ぎした手はしっかり絡《から》み合って、悠紀が落ち着いた後もいつまでもずっと繋がれたままだった。

4

悠紀《ゆうき》ご所望《しょもう》の焼きそばをふたり分とビールを買って赤アフロの隣に戻ると、花火はフィナーレの様相《ようそう》を呈《てい》し始めた。時間を見ると、どうやら二十分近くうろついていたらしい。

肉マシマシ焼きそばを食べる隙もないくらいひたすら打ち上がる花火で、昼よりも空は明いほど。こっそり隣を見れば口をぽかんと開けている悠紀がいてかわいい。悠紀の向こうに見える社会人グループもビールのカップを手にしたまま空を見上げ続けている。

ついまた周囲を見回している自分を反省し、友也《ともや》も花火に没頭《ぼっとう》することとした。

ナイアガラとかスターマインとか、名前は定かでない光の渦《うず》で世界が眩《まばゆ》くなる。今度は友也が、悠紀の手に自分の手を重ねにいった。盗み見た悠紀の横顔は、ほんのりと微笑《ほほえ》んでいた。

夏の蒸し暑い中、穏やかに時を過ごすうち、花火とその後のアフターライブが終わった。

すべてのプログラムが完了したというアナウンスが流れ、周辺には晴れ晴れとしたお開きの雰囲気が漂いだす。そんな中、

「足痛い」

と、悠紀が困り笑いで訴えてきた。予想通りといえば予想通り。

「鼻緒《はなお》こすれてるねえ。絆創膏《ばんそうこう》持ってきたからゴリゴリに貼りまくったら家までもつかな？」

「さすが俺の友也、用意がいい……」

「はいはい」

ナイター照明が点《つ》いたおかげで会場内は夜とは思えない明るさだ。悠紀の左右の足指の股《また》に手分けしてべたべたと絆創膏を貼っていく。

「下駄《げた》で足痛くなったの、初めてかも」

「悠紀くん、あんまり浴衣《ゆかた》着なかったもんね。着てもビーサンだったし」

「あーそっか。友也はよく着てたよな。小六のときとか下駄で指こすれてた」

「嫌なこと思い出すんだから……」

まったく、とぼやいて右足の親指をつまむと、悠紀はくすぐったがって身を捩《よじ》った。その挙動は、片手の指で数えるほどしかしていないあの行為の最中の動きに似ていてちょっと困る。

「悠紀くん、動かないの」

「はあい。——てか、今日は友也、鼻緒平気なのか？」

「ん？　悠紀くんはもう少し俺のことを観察しましょう」

「なんだよそれ」

ははっと笑う悠紀は、浴衣から突き出した友也の足を見て目を見開いた。

「ず、ずるっ!!　なんでサンダルなんだよ！」

そりゃあ、十年前の夏祭りのリベンジマッチだからだ。親が送ってきたとはいえ、ふたりして鼻緒ずれなどしたらつまらないから、友也の下駄は下駄箱にインしたままである。

けれど子供時代の復讐を目論《もくろ》む狭量《きょうりょう》な自分を悠紀に見せる気はない。友也は思いきりゆったりと、大人らしい笑みを浮かべて言った。

「悠紀くんが足痛くなったら、おんぶして帰ろうと思って」

「友也……」

疑うことを知らない恋人は、危機回避能力が高いと友也を過大評価してくれたのだった。

花火大会の会場を出て駅まで歩く分には、絆創膏のプロテクトはどうにか機能していたようだ。本格的に擦《す》り剝《む》けていた方の足をひょこひょこするくらいで、ちゃんと歩けていた。

しかしJRを乗り継ぎ、自宅最寄り駅で降りると、気が緩《ゆる》んだらしい。やはり花火帰りなのか、ちらほらと浴衣姿の人影がある表通りを過ぎたあたりで悠紀は盛大に泣き言を言った。

「友也、おんぶ」

「え」

「もう歩きたくない……」

しょぼ、という効果音が背中に見えるくらい項垂《うなだ》れて、上目でこちらへ縋《すが》ってくる。

「俺をおんぶする用にサンダル履《は》いてきたんだから、友也は俺をおんぶするべき」

年上なのに、年上らしい矜持《きょうじ》なんか簡単にかなぐり捨ててしまえるところは悠紀の強みだなあと思う。むしろ絶対に覆《くつがえ》らない三歳の年の差があるからこそ、大人らしさを放棄できるのだろうか。埋まらない年の差を恨む友也からすると複雑な気分だ。

「いいけど。考えたら浴衣でおんぶすると脚丸見えになるんだよね」

「女子じゃないし脚見えるくらいいいだろ。あ、すね毛は剃《そ》ってない」

すね毛はいいんだけど、と友也は苦笑する。

悠紀は夏場はハーフパンツばかりだし、女性だってミニスカートをはくわけで、脚を出すこと自体はさして問題ではない。浴衣という、脚が見えるのがNGのものからにょっきり剝《む》き出しになるのがいけないのだ。主に友也の不埒《ふらち》な欲が揺らいでしまうという意味で。

けれど自身の自制心を物思う友也の気持ちなど露知《つゆし》らぬ悠紀は、肩に手をかけ、早くしゃがめと命じてくる。

仕方がない。浴衣おんぶの危険性を考慮せず「悠紀くんをおんぶするためサンダル着用」なんて言い逃《のが》れを口にしたのは友也だ。

歩道の端によって膝を曲げた友也の背後、豪快に裾《すそ》をまくった悠紀が負ぶさりかかってきた。

自分の両脇に剥き出しの悠紀の膝があるのはなかなか据《す》え膳《ぜん》感が強くて困りものだ。

邪念《じゃねん》を振り払って、指先に悠紀が脱いだ下駄の鼻緒を引っかけ、友也は立ち上がった。背中で「高い」と歓声が上がる。

「友也の視界と俺の視界、こんな違うのかよ」

ほんとに大きくなった、と悠紀に実感してもらえてちょっと悪くない気分だ。

首に回された悠紀の腕が、ぎゅっと抱きついてくるのも嬉しい。

なのに背負われている悠紀自身がまったく恋人らしい空気を醸《かも》し出さないものだから、友也も釣られる。周りに人がいないことを確認してくるりと回転してやると、悠紀はそれは楽しそうに笑い声をあげた。どう見てもじゃれている友人同士で、恋人同士じゃない。ちらほらといる通行人からしたら、いいところ邪魔な陽《よう》キャと思われている程度だろう。

「ほら、おとなしくして。帰るよ」

「はあい」

素直に声を上げた悠紀が、ぺたりと背中に張り付いてきた。汗ばんだ肌に浴衣と、しっとりとした体温が密着して、胸が騒ぐ。つい俯《うつむ》いた視界に入る悠紀の脚は、昔と同じく白い。

——……目の毒。

あの夏の日は、自分の欲が許せないものに感じられて、苛立ちと落胆の入り混じった思いで胸がいっぱいだった。

けれど、今は違う。

背中の悠紀はまだ無邪気に「自販機の上が見える」「これが神の視点か」などとくだらない感想を呟いているが、それすらも友也にとっては胸を焦《こ》がすかわいさでしかない。

遠回りでもないが近道でもない、ひと気《け》のない裏道で曲がったのは、悠紀の脚を他人の目に触れさせたくないからか、それとも自分が人に見られたらまずい顔つきになっているからか。

「友也、この道暗くない？」

「明るいと悠紀くんの脚丸見えになるじゃない」

「ひどい、そこまで見苦しい脚じゃないぞ」

形ばかりのチョークスリーパーで抗議してくる悠紀に笑う。

「見苦しいんじゃなくて、えっちだよなあって」

「えっ……ち、って、おま」

てっきり怒られるかと思ったら、トーンダウンした悠紀は友也の耳元に聞こえるくらいに小さい声で「何言ってんだよ、もう」と囁いた。

その咎《とが》めるような声色にすら胸が掻《か》き立《た》てられる。

「――悠紀くんの浴衣姿、すごくかっこいいからね。なのにこんなに脚出てたら、ちょっと、そういう気分になっちゃうよ」

わざとあからさまにして自分で笑う。すると釣られたように背から笑い声がして、それから。

「……友也の浴衣もかっこいい」

「え」

唐突に、悠紀の声が甘くなった。ただしがみついていただけの腕が、あのニュアンスを伴《ともな》って友也に抱きついてくる。ひたりと寄り添う背中の熱がまた上がる。

腹の底の欲情に、許可が下りてしまった。

喉《のど》がひりつくように渇《かわ》き、普段よりもずっと言葉少なになる。

でも、喋《しゃべ》らなくとも、触れ合う面積が多いから如実《にょじつ》に悠紀の様子がわかる。いや、自分が感じるばかりでなくたぶん悠紀の方も、友也の身体の熱や鼓動の速さに気づいていることだろう。

なんだかひどく、家路《いえじ》を急ぎたい気分になった。

5

悠紀《ゆうき》を背中に負ったまま、部屋のドアを開けると涼やかな空気に出迎えられる。出掛けにエアコンのタイマーを設定していたおかげだ。

「足、洗った方がいいよ」

悠紀を下ろし、友也《ともや》は絆創膏《ばんそうこう》だらけの足先へと視線を向けた。

「痛みはどう?」

「ん、下駄《げた》脱いでたから平気になった」

「よかった」

ぽつぽつと交わされる言葉の中に、いつものような笑いはない。

ここまでの十数分で、甘やかな期待が身体中に散らばり根を張ってしまったからだ。

「じゃあ、あの……ちょっと、洗ってくる」

友也は奥で待ってろ、という悠紀の声は密《ひそ》やかで、夜を一緒に過ごすときの匂いがする。

痛みはないというわりに、廊下のすぐ脇にある、脱衣所兼洗面所へ向かう足取りはやや覚束《おぼつか》ない。ひとりにするのがほんの少し不安になって、友也は遅れて悠紀の後に続いた。てっきり風呂場にいると思ったのに、ドアを開けてすぐの洗面台前に悠紀はいた。白い陶製《とうせい》の洗面ボウルに足を乗せ、流水の下、直接足指を洗っている。ある意味粗雑《そざつ》、ある意味男らしい。

思いきりはだけられた浴衣《ゆかた》の前から、内腿《うちもも》が剝《む》き出しになっているのが見える。

ぐっと、思わず友也は息を呑んだ。家に辿り着くまでにじわじわと膨《ふく》らみ続けていた期待という欲がはじける寸前になってしまった。

悠紀はといえば、まさか見られるとは思っていなかったのだろう。片足を洗面台に乗せたままこちらを見て、そして——バランスを崩した。

「ちょ……」

慌てて悠紀の背後に回り込み、胸で身体ごと受け止める。一拍置いて互いにほっと息をついたところで、友也に寄りかかったまま振り向いた悠紀が、はにかむように口角《こうかく》を上げた。

「さすが俺の友也。……ありがと」

「悠紀くんはそういうところさあ……」

いつもの茶化し文句のようだけれど、少し違う。先程から満ちている、どこかもったりと甘い空気に照れている軽口《かるくち》だ。

かわいい、という純粋な思慕《しぼ》と同時に、恋情《れんじょう》と欲情とがないまぜになった気持ちも溢れてくる。張りのあるなめらかな内腿を目にしてしまい、触れたくてたまらなくなった。

かわいくてかっこよくて大好きな、幼馴染でありながら長年の恋の相手。

軽く肩を支えるに止《とど》まっていた腕を身体の前面へと回し、抱き締め、友也は悠紀を捕まえた。

小さく名を呼んで、髪の中へと顔を埋《うず》める。汗で湿った髪からはシャンプーかリンスかわからない清潔で清涼な香りがする。

「足……そろそろ下ろして」

言いながら友也は、その腿に手を添わせた。

昔、目を逸《そ》らすことしかできなかった白い脚。今は触れることができる。

喉《のど》の奥に小さな笑いの息が漏れた。また、あの夏と今の対比をしてしまった。

思えばあれは、トラウマでありながらも友也の大事な思い出ではあるのだろう。それを汚すような行為かな、と思わなくもないが止める気はない。

幼い頃の思い出と今現在の欲情とが出会うと、どうしてこんなにも気持ちが掻《か》き立てられるのだろう。——きっと、あの頃憧《あこが》れても届かなかった悠紀が腕の中にいることが嬉しくて、それでこんなわけがわからなくなるような、愛《いと》しさと情欲が入り混じった複雑な気分になるのだ。

背後から悠紀を抱きとめたまま、太腿から膝裏《ひざうら》へと手を滑《すべ》らせる。ぶる、と背を震わせた悠紀が、小さく息を呑むのが伝わる。外れそうな箍《たが》をしばし留め、足をそっと持ち上げてやると、洗面台に乗っていた悠紀の行儀の悪い足はようやく床へと下りた。

水で冷えた冷たい踵《かかと》が、友也の爪先《つまさき》に触れる。ぞくぞくしたものが背すじに走ったのは、ひんやりとした肌のせいなのかどうか。

留めた箍が外れるに任せ、逃《のが》れようがないくらいに強く腕の中の人を抱き締め、友也は悠紀との間に隙間をなくす。首筋に頬を擦《こす》り付け、齧《かじ》りつくと、小さく悠紀の身体が揺れた。

うなじから耳元、耳元からこめかみへとキスを移すにつれ、悠紀がこちらを振り向いて、そっと目が合う。頬へくちづけ、唇にくちづけて、抱き締める手で浴衣の上をゆるりと撫でる。

悠紀を、後ろから抱き締めるのは好きだ。

——丸ごと全部俺の、って感じがする。

悠紀はどう思っているだろう。友也のことを、自分のもの、と思ってくれているだろうか。

初めてしたときよりもずっと、うんと馴染んだキスを続け、友也はうっすら目を開く。何かに耐えるように眉を寄せる悠紀の表情にそそられるけれど、もっとキスに没頭《ぼっとう》したくてまた目を閉じた。

悠紀の舌の厚みを楽しむように甘噛みする。腕の中の悠紀が身をよじって、はあ、と柔らかな吐息を吐く。

実のところ、もう恋人になってひと月半が経《た》つけれど、幼馴染を恋人たらしめる行為をした回数は驚くほど少ない。

積もり積もった長年の恋と欲は、ひとたび堰《せき》を切るとひどく濃く長い情交となってしまう。その濃さを反省して回数を減らそうと努力するものだから、反動で、触れ合ったときの行為はまた深く濃く甘くなる。

馬鹿だな、とは思う。思いはするが、でも、そういうままならなさすらも愛おしいと感じるのは不遇の時代が長かったせいか。

「ん……ん、ふ」

甘ったるい、鼻にかかった声が悠紀から漏れ始めた。

仰《の》け反《ぞ》るようにこちらへ顔を向けてキスする、悠紀の顎《あご》のラインをなぞり、あやす。すると、絡めた舌が一瞬強張《こわば》って動きを止めるから、かわいい。我ながらいやらしい、と感じつつも、くすぐるように喉元をひっかいては悠紀の唇と舌を弄《もてあそ》んでいたら、その友也の手の甲に、そっと手のひらが添えられた。指を絡《から》め、案内でもするかのように友也の手ごと浴衣の上を滑るように撫でさせ、やがて胸元で止まる。

誘われるまま、合わせた浴衣の前身頃《まえみごろ》から友也は右手を差し入れる。肌着を着ていない悠紀の浴衣の下は素肌だ。

汗の気配が凝《こご》ってしっとりとした浴衣の内側、少しもたつきながらその肌をなぞる。友也の指先に、ふにゃりと柔い、小さな粒が触れた。

「……かわい」

囁きかけた声に反応したのか、右中指の下で小さなぽつりとした粒が立ち上がる。見る間に硬くなるそれを指の腹でつまんでしごきあげると、甘く小さな吐息が悠紀の口から漏れていた。

「……悠紀くん」

「ん……このまんま、しよ……」

キスをほどいてもこちらを見上げてくる悠紀の腰が、揺れて、友也の下腹に押し付けられる。もうすっかり萌《きざ》した友也の熱を、当然悠紀はわかってそうしている。

「悠紀くんの、えっちなところ好き」

「そこだけか……?」

友也が俺のどこを好きなのか全部知ってる。そう言わんばかりの眼差しに見つめられ、友也は小さく笑いを漏らした。

「全部好き」

以前悠紀に言われた『お前は俺を好きすぎる』は、まったくもって至言《しげん》だ。

指の下で凝る小さな粒を、ねっちりと円を描《えが》き潰しながら、友也はもう片方の手を下肢《かし》に伸ばした。

浴衣の隙間から撫ぜ上げれば、先ほどまで寛《くつろ》げられていた薄情な布はあっさりとはだける。内股をすり合わせようとする悠紀の前を探り、下着の下、熱を持ち昂《たかぶ》っているそれを友也はやわやわとさすった。

「……、っん、ん」

どこか甘えた悠紀の吐息に胸は騒ぐ。ほどほどだった自身の根が一瞬で硬くなったのがわかる。それを、悠紀に知られるのを忌避《きひ》しなくてよいのが嬉しい。

ふわりとした後ろ髪に覆われたうなじに鼻先をこすりつけ、あらわれた首筋に友也は甘噛みした。くくっと仰け反るような動きで悠紀が身を捩《よじ》る。本当に、本当に何もかもかわいくてたまらない。

「と、もや」

「ん……ん」

あぐあぐと唇で食《は》みながらも指先で身体をなぞるのはやめられない。全身で悠紀を感じることができる、この行為自体がもう愛おしい。腰を揺らし押し付けてきていた悠紀がとうとう後ろ手に、友也の熱源《ねつげん》を探ってくる。身体を重ねた日は少なくとも、一回ごとの濃さを考えればもうセックス自体は慣れた行為だ。

いや、慣れているのに物慣れない、そのあやうさがよりいっそう熱を昂らせるのかもしれない。

行為の際に使うオイルは本来マッサージ用なので、お誂《あつら》え向《む》きに洗面台の上にある。取り上げたそれを手のひらにすくい取り、温めて、悠紀の身体へとこぼれるままに塗りつけた。

友也がたくし上げた浴衣を悠紀が押さえ、そうして、繋がる場所を濡らし、ほどいてゆく。その間にも、指先を押し返してくる胸の先端、確かな硬い粒にとめどなく欲情はそそられ続ける。獣のようだ、と思うのに、それを晒《さら》し合っていることが幸せになる。

慎《つつ》ましやかなくせに硬く勃《た》った乳首を、下から掬《すく》い上げるように押し上げ、潰して円を描く。色がついた息を吐く悠紀が、疼《うず》きを表すように緩くリズムをとって揺れている。

「友也は、胸、ばっか、いじる……」

「さわってほしそうにしたのは悠紀くんでしょう……?」

意地悪く耳たぶを食む友也へ、頷く悠紀の返事は甘い。背後に回した手で、友也の下着をずりおろし直《じか》に触れてくれる。ずんと腰の奥が重くなる。

――悠紀くんにさわられるの、好きだなあ……。

幹《みき》をさすり上げた指先が、先端のぬめりを広げ、撫で、まさぐってくる。

我慢できず、繋がる部分に自身の熱を押し当てた。まだ完全にはほどけ切っていないそのふちに、濡れ切ったものを押し当て、円を描き、綻《ほころ》ばせてゆく。

はぁ、はぁ、と悩ましげな息が零《こぼ》れる。自身の先端に触れた悠紀の濡れた後口が、健気《けなげ》にひくついているのがわかる。もう十分に柔くほどけているのはわかっているのに、力を籠めるのを友也は躊躇《ちゅうちょ》してしまう。

「……な、もう、入る……から」

つ、と熱塊《ねつかい》がさすり上げられた。悠紀が声と指先で誘惑してくる。

それに勝てる精神力は友也にはない。吐息が大きく口から零れるのと共に悠紀に宣告する。

「いれ、ちゃうから……」

「んっ……、ん、ぁ」

甘い抵抗を見せた窄《すぼ》まりへ、卑《いや》しい色の自身の先端が沈み込んだ。蜜袋《みつぶくろ》の中に落ちたような耽溺《たんでき》。もっと進みたくて、快感に任せて押し入れるごとに腹奥にぞくぞくするような何かが生まれて身体が震える。腰から下が蕩《とろ》けそうで勝手に吐息が浅くなってしまう。

「すぐ、いき、そ……」

洗面台に手をついた悠紀の背筋が、ぐぐ、と仰《の》け反《ぞ》った。食い締まる内側にぞくぞくする。たくし上げても垂《た》れ落ちる浴衣の下には、悠紀と繋がる場所が隠れている。

見たい、けれど、隠されているからこそ余計淫靡《いんび》で、ぞわぞわする。

思えば、自分が余さず悠紀のことを見たがり知りたがるのは、これまで案外と色々隠されてきたせいじゃないだろうか。悠紀の想いも悩みも、本当ならばそのとき、そのときで教え、相談してほしかった。

けれどそれができなかった意味もわかるからこそ、悠紀への信頼と恋は余計に膨《ふく》らむ。

——今は、たくさん見せてくれるし……。

好きだという気持ちと、この行為がひたすら気持ちいいこと。それが内側で入り混じり、たとえようもなく愛しさが増してゆく。

悠紀を抱き締め、中途まで挿入した自身をさらに奥まで埋《う》めてゆく。

悠紀と、繋がっている。

心と身体の両面からそれを実感したら、まろく、蕩《とろ》けるようにまとわりついてくる内襞《うちひだ》を押し拓《ひら》く根が、より強く硬く育ってしまった。

「っあ、っあ、深……」

「ん……ごめん、ちょっと、がっついて、る……」

少し引き、引いたよりも深く進む。ぬめらせるためのオイルを使いすぎたせいでわずかな動きだけでもくぷり、くぷり、と甘えた水音がする。内側でそれが馴染んでゆくほどに、悠紀は身を捩り、逃げたそうな誘うような姿態《したい》を見せた。

やがて、友也が届かせることのできる最奥《さいおう》まで至った。もどかしげに友也の手を探る悠紀と、指を絡め、繋《つな》ぐ。肩越しにこちらを見上げる視線に乞われ、押して、引いて、友也は抽送《ちゅうそう》を始めた。その動きが速く、本能に任せて突くにつれ、悠紀の甘い喘《あえ》ぎも高く、切羽《せっぱ》詰まったものになってゆく。

「悠紀くん……、ゆうき、くん」

「んっ、ん、ん、あ、はげし、もっと、ひらい、て」

「あぁ、もう、くそ、すっごいえろ……」

言われるまま、悠紀の薄い尻に手をかけやんわりと広げ、熱塊を穿《うが》ち入れる。背後からの行為の特権とばかりに、自身を挿入した悠紀のその場所を見つめ、見つめたまま腰を送る。ゆるく長く、悠紀を愉《たの》しませてこれ以上なく鳴かせてしまいたいと思うのに、いつだって友也も夢中になってしまう。

悠紀がすべて見せてくれるから。恥ずかしいから口にするなとは言いつつも、最初から悠紀はすべて見せてくれていた。その身体も二人が繋がる場所も、達するときの声も様子もすべて。

「ああ、もう……ほんと、好き」

「っう、ん、こんな、とき、言うなっ、てば……」

「なんで？　悠紀くんに、こうやって……俺のを」

ぐ、と根元深くまで埋め、内側を押し上げる。こんな甘くいやらしい行為を許されていることが、本当に幸せで誇《ほこ》らしい。

「悠紀くんが、俺を……受け入れてくれるのが、嬉しいんだよ」

「お、れも……俺も、友也が、こうしてくれんの、好き……」

「……ほんとに、好き」

自分が感じるのと同じ気持ちを、悠紀も感じている。セックスがいつだって濃くなってしまうのは、溜まり切った情欲の解放のせいだけじゃない。お互いが抱え続けてきた、触れてはいけないという気持ちを許し合い、触れ合えるからだ。

悠紀の手に重ね合わせ、指を絡めた自分の手に力を籠める。恋人繋ぎ、なんて名を誰が考え出したのかわからないけれど、いい呼び名だ。悠紀とこんなふうに手を繋げるだけで胸はいっぱいになる。

もういきそう、と悠紀の吐息が速く浅く零れてゆく。キスがしたいのに、この体位ではそれが叶わず、そのかわりせめて快楽の海にふたり落ちてしまいたくて、悠紀の喘ぎがひときわ甘くなる場所を抉《えぐ》り、突く。

かわいくて、たまらない。

悠紀が見せてくれるすべての顔が、友也にとっての恋の源《みなもと》となる。

好きで好きで好きで、そんな気持ちをただひたすら形にして悠紀の中へばら撒《ま》いてゆく。

喉が干上がって声も出なくなるくらいになった頃、繋いだ手にぎゅうと力が込められ悠紀の全身が強張った。

強く、縋りつくように食い締められた悠紀の中、悠紀が達するのと同時に友也も果てていた。

はあ、と大きな息が漏れる。頂点を知り、腕の中で急速に弛緩《しかん》した悠紀はかわいい。繋がりをほどかないままそのくったりとした体を抱き締め、ようやく友也は先ほど断念した甘く深いキスをすることができた。

6

脱衣所で事に及んだのは正解だったのかどうか。

まあ、汗に濡れた身体を洗うための移動距離は、ベッドで事を為《な》したときよりも少ないから正解だったとしておこう。

互いを洗い合う間も『いちゃつく』以外の形容詞を持たない行為を致しつつ、昂揚《こうよう》が一段落するまで心の向くままに触れ合っていたら時間は飛ぶように過ぎてしまった。ようやく湯の溜まった浴槽にふたりして身を浸《ひた》したのは、家に帰ってきてからもうどれほど経《た》った頃だろうか。

「狭いね……」

ふう、とため息を吐いた後に漏れた一声はそれだった。

友也《ともや》の脳内には、悠紀《ゆうき》を後ろから抱いてゆったり湯船に浸《つ》かる自分、という画《え》が浮かんでいたのだけれど、実際は風呂の幅《はば》が狭すぎた。友也の足の間に悠紀を抱き込めるほどの余裕が全然ない。正直、同衾《どうきん》ならぬ同浴――そんな言葉はない――は諦める場面であろう。

しかし、友也と一緒に風呂に入るのだという欲を炸裂《さくれつ》させた悠紀は、友也と向かい合いで湯船に侵入してきた。挙句《あげく》、置き場のない脚をにょきっと湯から突き出し、浴槽《よくそう》の縁《ふち》に乗せる。

まったく、全然、事後《じご》のしっとりした情感といったものが微塵《みじん》も感じられない。やっていることが小学生レベルである。だがそれがたまらなく、友也の恋心をくすぐってしまうのだから、自分のツボも大概《たいがい》だなと友也は可笑《おか》しくなる。

「ほんとに、悠紀くんのこういうところが俺、好きなんだよなあ」

「こういうところってアレだろ、アホなところって言いたいんだろ」

「んー。絶対一緒に風呂に入るっていう決意のためなら後はどうでもいいって感じが」

「アホってことじゃん！」

「前向きな意味でのそれではあるかもしれない」

こんな言葉遊びができる程度に日常に回帰《かいき》している。こうして悠紀をからかうのは楽しい。

本音では悠紀をアホだなどと思っていないのはちゃんと伝わっているはずだし。――と思っていたのに、ぐぬぬと呻《うめ》いた悠紀はあろうことか、友也が一番聞きたくない人物の名を出した。

「俺のアホがツボだってみーくんも言ってたんだよな……俺ってアホなのかな……」

「ちょっと。俺は一貫《いっかん》してアホじゃないって言ってるでしょ。――ていうかさ」

「え。なんか友也、顔こわ」

「こわ、じゃないよ。さっきは流したけど、悠紀くん、みーくんに告《コク》られたってどういうこと」

「そ、そこ思い出すか……っ？」

「後回しにしただけでずっと覚えてました。いつの話か、どう断ったのか、全部教えて」

悠紀を理解しながら悠紀に恋しないなんて理解不能、と思っていたのに、告白済みだなんて聞いていない。ぎらぎら厳しい眼差《まなざ》しで詰め寄る友也に、悠紀は半泣きになった。

「な、なんで、断ったの前提なんだよ」

「悠紀くんは俺を好きすぎるから他の人と付き合うとかないでしょ」

うっ、と図星を突かれたように胸を押さえ、悠紀は視線を遠くへ向けた。そうして、ぼそぼそと決まり悪そうに『みーくん』に告られた日のこと、断るに至った経緯《けいい》についてを語り出した。あまりにあっさりなされた告白と、妙に生々しいお断りの理由とを。

「――……じゃあ、その頃にはもう悠紀くん、俺のことそういう目で見てたってこと？」

「再確認すんなってば。俺の苦い思い出なんだから」

「ふうん……」

気のないような相槌《あいづち》を打って見せたものの、友也の胸はまたそわそわとしてしまう。「俺は小学生男子が性癖な変態性欲者だ」と冗談めかした告解《こっかい》は以前受けたものの、自慰の最中に友也を思い出したなんて赤裸々《せきらら》な事実があったとは知らなかった。

それは、恋をしたとき湧き起こるごく自然な欲求だと、今は理解している、けれど。悠紀の白い脚に性欲を覚えた自分をやましく浅ましいと断じた過去が、友也にもある。自分の中のやましいものを自覚したとき、相手に見せたくないと思う気持ちはよくわかる。

悠紀が逃げ出したのはたまたま悠紀が年上だったからで、もしも歳が逆なら、故郷を出たのは友也の方だったろう。お互いに、自分たちの間に横たわる欲望に怖《お》じていたのだから。

——俺と悠紀くんて、似てないのに似てる。

陰陽で言えば陰の自分と陽の悠紀。似ていないはずなのにわかりやすい。

ふ、と小さく笑いが漏れた。そんなことすら嬉しいなんてほんとに馬鹿だ。。

自分の頭の横、湯船から飛び出し浴槽の縁に乗った悠紀の脚に顔を寄せ、ふくらはぎを甘嚙みしてやると、すっかり油断しきっていた悠紀があわわと慌てる。

それを見てまたもこみあげてきた笑いの原因が、幸せを感じているせいだと悟《さと》るに至り、友也は悠紀に手を伸ばし、手を繫いだ。

「俺、ほんとに悠紀くんのことが大好き」

湯船の中で恋人繫ぎにして握り返してきた悠紀が頰を赤らめたのはきっと、湯にのぼせたせいではない。なぜなら、ごくごく小さく頷く悠紀の、「俺も大好き」という声が——友也の耳にしっかりと届いたからだ。

幸せすぎて死にそう、と告げた友也に、悠紀もやはり幸せそうに微笑《ほほえ》んでくれたのだった。

あとがき

AFTERWORD

―切江真琴―


はじめまして、もしくはこんにちは！　切江真琴《きりえまこと》と申します。

ディアプラス文庫様で初めての本となります。嬉しいです！　楽しんでいただけてると幸いです。

表題作の方は、人生で初めて雑誌に掲載していただいたお話です。

私のお話をよく読んでくださっている方にはお馴染みと思いますが、受の悠紀《ゆうき》は相変わらずの天然です。

ちなみに受が、攻への恋をショタコンと誤解して逃げるあたりはわたくしの性癖《せいへき》です。逃げる受はできるだけ自分本位な理由で逃げてほしい……！（笑）

本人はかなりシリアスなつもりですが、天然で鈍《にぶ》いだけなので悠紀視点だとやはりコメディですね。

反対に、書き下ろしの方の友也《ともや》視点の暗さ……！　これも私の性癖です……（笑）。

年下攻がうじうじ暗い気持ちを育て切って成人後に受への想いを迸《ほとばし》らせるの大好き侍《さむらい》でございます。ついでに絶対覆《くつがえ》らない歳の差をずっと恨んで嫉妬してるのも最高ですね。鬱陶《うっとう》しいくらいにうじってるくせに、受から見るとクールでかっこいい、なんかだと笑顔になってしまいます。

ともあれ、えっちの最中もえっちなどしてないときも、常に頭の中は「悠紀くんかわいい」占《し》められている友也は愛《う》い奴です。

あと脇キャラのみーくんもお気に入りです。当て馬になり得ないのは悠紀から見た場合だけで、友也からするとめちゃくちゃ敵になっているという。好みの顔の男にぐいぐいいくみーくんですが、現在はぐいぐいきたそこそこフツメン寄りの彼氏と仲良くしている感じです。

友也の敵といえば長兄《ちょうけい》の勝斗《まさと》もですね。個人的に「お兄ちゃん」は受属性なので、勝斗兄にはカノジョではなく彼氏がいます。そう、たとえ一八〇センチを超える長身であろうとも……！　ちなみに友也はその事実を悠紀に知らせないようにすることでしょう。憧《あこが》れの勝斗に恋人がいたら、悠紀がショックを受けてしまうので……！　衝撃で悠紀が元気をなくしたりしたら、友也から勝斗への嫉妬は止《と》まることがなくなりますからね……リスク管理ですね！

ちなみに北条《ほうじょう》三兄弟の名前はお気づきの方もいらっしゃるでしょう、『友情・努力・勝利』からです。友也の両親があの少年漫画雑誌スローガンを好きだという、どうでもいい裏設定がありました。次男の努《つとむ》だけシンプルネーミングですが、努じゃない場合の候補は努夢《どむ》だったので、本人は努でよかったなあと安堵していると思われます。

とにもかくにもそんな自分の好き要素をたっぷり詰め込んだお話を書かせていただけて、大変嬉しく楽しかったです。

そして何より、イラストが橋本《はしもと》あおい先生なのが最高でした！　友也はかっこよく、悠紀はかわいくちょっと間抜け。ケーキを食べている際に髪を触られた顔、大好きです。お読みくださった皆様も堪能《たんのう》してらっしゃることと思います。

素敵なイラストで彩《いろど》っていただけた本作、楽しくお読みいただけていたらとても嬉しいです。あ、このあと、ページ調整で短いお話も入っていますのでそちらもご覧くださいませ〜。

ではでは、読んでくださった方、お手に取ってくださった方、ありがとうございました♪

お前がかっこよすぎるので照れるしかできなくなっています

思っていたより絆創膏《ばんそうこう》のプロテクター効果は続かなかった。

浴衣《ゆかた》に下駄《げた》履《ば》きという気合の入った格好《かっこう》で友也《ともや》とやってきた花火大会、少しこすれてきたなあ、と思いつつも屋台巡りに夢中になっていたら見事に指の股《また》は擦《す》り剝《む》けていた。

とはいえ、用意のいい幼馴染《おさななじみ》——いや、恋人に絆創膏を重ね貼りしてもらって一安心、したはずだったのに。

ばんそこすごい、友也の先読み最高、なんて意気揚々《いきようよう》と歩けたのは、花火の観覧会場を出て駅への道のりを歩く途中まで。厚みを持たせて貼ったおかげで最初はよかったのだけれど、その厚みゆえに鼻緒《はなお》に引っかかってズレてきてしまったのだ。とはいえ、剝《は》がしたら余計痛いのはわかっているし、それにせっかく友也が貼ってくれたものをこんな短時間でふいにしたくない。

それで、多少ひょこひょこしながらも、悠紀《ゆうき》は駅まで辿《たど》り着いた。

友也がたびたび「大丈夫?」と気遣ってくれたものの、つい強がって「おんぶして」と素直にお願いできなかった自分のことはちょっと馬鹿だと思う。

ふと、地元で最後に夏祭りに行ったとき、友也も下駄で擦り剝けて歩けなくなっていたな、なんてことを思い出す。

——あのときの友也、かわいかったなあ。

勝斗《まさと》におんぶされてひどく悔しそうで、でも痛くて歩けないから仕方ない、という感情が滲《にじ》み出ていた。元気づけたくて、友也を褒《ほ》めまくったものだ。あの頃にはもう、友也に触れてはいけないと自身を戒《いまし》めていたから、勝斗と行き合ったのは本当に僥倖《ぎょうこう》だった。

「……今は、おんぶされる側かあ」

「ん？　なあに？」

「や、昔は俺が友也をおんぶする立場だったのになって。今はちょっと……でかすぎるな」

友也を見下ろしていた視線は、今や見上げるばかりとなった。一八十センチ超えの視界とは一体どんなものだろうか。

悠紀の眼差《まなざ》しに賞賛の意を嗅《か》ぎ取ったのか、友也は嬉しそうに「でかくなって良かった」と笑った。

さて。そんな雑談で気を紛《まぎ》らわせつつ駅の改札に着いて安堵したのも束《つか》の間《ま》、ここからがまた長い道のりなのだった、と悠紀はちょっと悲しくなる。歩かずに電車でおとなしくしている分にはマシだろうが、駅から自宅まではどうあっても歩かねばならないのだ。

まあ、泣き言を言っても仕方がない。

とりあえず、足を踏まれないようにだけ気を付けよう。ホームに溢れかえる人の列を眺めるうち、電車が滑り込んできた。

普段はそこまで混むはずのない土曜の夜の電車だが、大きめの花火大会の会場最寄り駅ということで車両の中はぎゅむぎゅむだ。ホーム到着時にはそこそこ空《す》いて見えたのに、車内はすぐに人まみれになった。座席のある奥の方へ入り込むのは諦《あきら》め、ふたりは左右のドアのどちらからも等距離の、まさに車両のど真ん中付近に陣取ることになった。吊革《つりかわ》の少ない魔の地帯である。悠紀が確保する前に、周囲の人々が手にしてしまった。

足が心許《こころもと》ないのでできれば摑まりたかったと悠紀はしょんぼりする。そんな悠紀と向かい合いになるよう身体をずらした友也は、なんと吊革を吊るしているバーを軽々と摑んでいた。

——友也マジでっか……。

ムラムラと、対抗心と共に「かっこよすぎ」という正直な感想が湧いてくる。そりゃあまあ悠紀だってバーに手は届くけれど、こんな余裕のある摑まり方はできない。

「混んでるねえ」

すっかり都会慣れした様子の友也が、軽く周囲を見渡した後で悠紀の肩を支えてくれる。

少し悠紀はホッとした。朝の通勤電車ならば、みんな遠慮なくぎゅうぎゅうに詰めてくるからどこにも摑まらずとも案外立っていられるものだが、今日は少々勝手が違う。花火大会帰りの客がほとんどで楽しげで浮かれていて、朝の電車内のような苦行感はゼロだ。子供もそこそこいるようで微妙に隙間が空いているから、朝のように揺れに身を任せていたらよろけてしまうことだろう。

——足も微妙だし。

足元など見えもしないのに、悠紀は少し俯《うつむ》いた。

電車に乗り込んですぐに名案を思い付き実行したのだが、それが実は全然名案ではなかったことに今更気がついて困っているのである。

『親指と人差し指の間が擦り剝けて痛いのだから、鼻緒を挟む指を変えればいいのだ。天才！』

——一分ほど前は本気でそう思った。その天才的発想により現在悠紀は、人差し指と中指で鼻緒を挟んでいる。

だがしかし。鼻緒というものは本来の指で挟まないと台座の上に乗る足が勝手にずれてしまうものなのだ。できれば自力できちんと立っていたいのに、悠紀の踵《かかと》は無残《むざん》にも下駄の台から飛び出していて踏ん張りがきかない。だから、支えてくれる友也の手が拠《よ》り所《どころ》である。

少しばかり情けない気分で、友也をそっと見上げた。

——……かっこよ。

頭上のバーを摑む友也の腕は、肘《ひじ》まで剝き出しになっている。浴衣の袂《たもと》が肩の方へとずり下がっているだけ、そもそも普段はTシャツを着ているから肘なんて珍しくもない。にもかかわらず、悠紀の胸はドキドキばくばく高鳴ってしまう。

もう、この野郎、友也め。そんな、文句とは似て非なる呻《うめ》きが心の中に溢れてくる。

支えてくれる手が頼りがいがあるとか。少し緩《ゆる》んだ浴衣の襟元《えりもと》、鎖骨《さこつ》が見えてエロいとか。腕を上げているせいで袂が悠紀の顔にひらひら当たり、それを見て笑いながら謝ってくるのがまたかっこよくて腹立つとか。

「悠紀くん」

ひそ、と囁きかけられ「ひゃいっ」と情けない返事をしたのは、ちょっとばかりよこしまなことを考えてしまっていたせいだ。いつもながらの悠紀の挙動を、「かわいい」とでもいうように友也が目を細めているのが恥ずかしい。

「な、なんだよ」

「今気がついたけど、左ほっぺ、チョコついてる。チョコバナナの」

「えっ」

「ごめん、なんか全然目に入ってなかった」

悠紀くんの顔はちゃんと見てるはずなのになあ、なんて照れ笑いされても返事のしようがない。そんなに見てるの？　と恥ずかしくなるだけだ。

「ほっぺたなんかにチョコバナナさわったたっけ……？　うう、口の横とかについてたら舐《な》められたのに」

「さすがにほっぺだからねえ。べろ、届かないでしょ」

くく、と友也が喉奥《のどおく》で笑う。

その瞬間。電車が減速《げんそく》し大きく揺れた。肩に添えられていた友也の手のひらが滑《すべ》るように悠紀の背を支え、強く抱き寄せてくれる。友也の、浴衣の胸元が迫《せま》る。少し汗ばんだ肌にドキリとする。

こんなことが前もあった。空港から帰る途中の出来事だった。あのときと違って今はもう、友也の体温にも慣れつつあり——なんて悠紀の思考は、友也のとある行為でぶった切られた。

「と」

名を呼びたいのに呼べない。見上げた友也はなんだか、してやったりという笑みでこちらを見下ろしている。

この野郎、と思いつつも、悠紀の口からはちゃんと言葉が出て来ない。

「い、いま」

「ん？　ああ、チョコ取れたね。浴衣に付いちゃったかな」

「いや、いやいや、今、友也」

「なあに？」

にっこり微笑《ほほえ》んでくる恋人からはなんだか凄《すご》みを感じる。これ以上は口に出すことではない、と理解はできたけれど、でも。

——今、お前俺のほっぺた舐めただろ！

声を大にして文句が言いたくてたまらない。

電車の揺れに乗じて。浴衣の袂が悠紀の顔周りを隠すのをいいことにして。濡れたあたたかい舌が、ぺろっと。

「チョコ、久々に舐めたけど甘いな」

そんな感想を告げる友也にはすっかり幼馴染の面影はなく、なんだか悪い笑みを浮かべる恋人の顔をしていた。

――くそ、もう、馬鹿、かっこいい、好き。

心に浮かんでくるどの単語も告げられないまま、悠紀は抗議するように目の前の友也の肩に頭突《ずつ》きを喰らわせてやった。

そんな下らなくも甘々な応酬《おうしゅう》をしていたおかげだろうか。悠紀は電車を降りるまで、足の痛みをすっかり忘れていられたのだった。

この本を読んでのご意見、ご感想などをお寄せください。
切江真琴先生・橋本あおい先生へのはげましのおたよりもお待ちしております。

〒113-0024　東京都文京区西片2-19-18　新書館
[編集部へのご意見・ご感想] 小説ディアプラス編集部
「お前が俺を好きすぎるので逃げようと思います」係
[先生方へのおたより] 小説ディアプラス編集部気付　〇〇先生

- 初 出 -
お前が俺を好きすぎるので逃げようと思います：小説DEAR+22年アキ号（vol.87）
あの夏のリベンジ：書き下ろし
お前がかっこよすぎるので照れるしかできなくなっています：書き下ろし

[おまえがおれをすきすぎるのでにげようとおもいます]
お前が俺を好きすぎるので逃げようと思います

著者：**切江真琴** きりえ・まこと

初版発行：2023年8月25日

発行所：株式会社 新書館
[編集] 〒113-0024
東京都文京区西片2-19-18　電話（03）3811-2631
[営業] 〒174-0043
東京都板橋区坂下1-22-14　電話（03）5970-3840
[URL] https://www.shinshokan.co.jp/

印刷・製本：株式会社 光邦

ISBN978-4-403-52581-0

切江真琴《きりえ・まこと》
お前が俺を好きすぎるので逃げようと思います　イラスト 橋本あおい

久我有加《くが・ありか》
キスの温度　イラスト 蔵王大志
光の地図　キスの温度2　イラスト 蔵王大志
長い間　イラスト 山田睦月
春の声　イラスト 藤崎一也
スピードをあげろ　イラスト 藤崎一也
何でやねん！　全2巻　イラスト 山田ユギ
無敵の探偵　イラスト 蔵王大志
落花の雪に踏み迷う　イラスト 門地かおり
わけも知らないで　イラスト やしきゆかり
短いゆびきり　イラスト 奥田七緒
ありふれた愛の言葉　イラスト 松本 花
明日、恋におちるはず　イラスト 一之瀬綾子
あどけない熱　イラスト 樹 要
月も星もない　イラスト 金ひかる
月よ笑ってくれ　月も星もない2　イラスト 金ひかる
恋は甘いかソースの味か　イラスト 街子マドカ
それは言わない約束だろう　イラスト 桜城やや
どっちにしても俺のもの　イラスト 夏目イサク
不実な男　イラスト 富士山ひょう
簡単で散漫なキス　イラスト 高久尚子
恋は愚かというけれど　イラスト RURU
君を抱いて昼夜に恋す　イラスト 麻々原絵里依
いつかお姫様が　イラスト 山中ヒコ
普通ぐらいに愛してる　イラスト 橋本あおい
恋で花実は咲くのです　イラスト 草間さかえ
青空へ飛べ　イラスト 高城たくみ
わがまま天国　イラスト 楢崎ねねこ
青い鳥になりたい　イラスト 富士山ひょうた
海より深い愛はどっちだ　イラスト 阿部あかね
ポケットに虹のかけら　イラスト 陵クミコ
頬にしたたる恋の雨　イラスト 志水ゆき
魚心あれば恋心　イラスト 文月あつよ
思い込んだら命がけ！　イラスト 北別府ニカ
恋するソラマメ　イラスト 金ひかる
恋の押し出し　イラスト カキネ
におう桜のあだくらべ　イラスト 佐々木久美子
君が笑えば世界も笑う　イラスト 佐倉ハイジ
もっとずっときっと笑って　イラスト 佐倉ハイジ
華の命は今宵まで　イラスト 花村イチカ
嘘つきと弱虫　イラスト 木下けい子
幸せならいいじゃない　イラスト おおやかずみ
酸いも甘いも恋のうち　イラスト 志水ゆき
あの日の君と、今日の僕　イラスト 左京亜也
片恋の病　イラスト イシノアヤ
疾風に恋をする　イラスト カワイチハル
恋の二人連れ　イラスト 伊東七つ生
恋を半分、もう半分　イラスト 小椋ムク
七日七夜の恋心　イラスト 北沢きょう
愛だ恋だと騒ぐなよ　イラスト 七瀬
アイドル始めました　イラスト 榊 空也
知らえぬ恋は愛しきものぞ　イラスト 芥
好きになってもいいですか　イラスト ミキライカ

栗城 偲《くりき・しのぶ》
恋愛モジュール　イラスト RURU
スイート×リスイート　イラスト 金ひかる
君の隣で見えるもの　イラスト 藤川桐子
素直じゃないひと　イラスト 陵クミコ
ダーリン、アイラブユー　イラスト みずかねりょう
いとを繋いだその先に　イラスト 伊東七つ生
恋に語るに落ちてゆく　イラスト 樹 要
君しか見えない　イラスト 木下けい子
家政夫とパパ　イラスト Ciel
同居注意報　イラスト 陵クミコ
バイアス恋愛回路　イラスト カゼキショウ
ラブデリカテッセン　イラスト カワイチハル
社史編纂室で恋をする　イラスト みずかねりょう
塚森専務の恋愛事情　イラスト みずかねりょう
経理部員、恋の仕訳はできません　イラスト みずかねりょう
亜人の王×高校教師　イラスト カズアキ
ブラック社員の転生先はDom/Subユニバースの世界でした　イラスト 篁ふみ

幸崎ぱれす《こうざき・ぱれす》
ブラコンを拗らせたら恋になりました　イラスト 佐倉ハイジ
1LDK恋付き事故物件　イラスト 陵クミコ

木原音瀬《このはら・なりせ》
パラスティック・ソウル　全3巻　イラスト カズアキ
パラスティック・ソウル　endless destiny　イラスト カズアキ
パラスティック・ソウル　love escape　イラスト カズアキ

小林典雅《こばやし・てんが》
たとえばこんな恋のはじまり　イラスト 秋葉東子
執事と画学生、ときどき令嬢　イラスト 金ひかる
藍苺畑でつかまえて　イラスト 夏目イサク
素敵な入れ替わり　イラスト 木下けい子
あなたの好きな人について聞かせて　イラスト おおやかずみ
デートしようよ　イラスト 麻々原絵里依
国民的スターに恋してしまいました
国民的スターと熱愛中です　イラスト 佐倉ハイジ
武家の初恋　イラスト 松本 花
ロマンス、貸します　イラスト 砧 菜々
若葉の戀　イラスト カズアキ
管理人さんの恋人　イラスト 木下けい子
密林の彼　イラスト ウノハナ
可愛いがお仕事です　イラスト 羽純ハナ
深窓のオメガ王子と奴隷の王　イラスト 笠井あゆみ
先輩、恋していいですか　イラスト 南月ゆう
スターのマネージャーも恋してしまいました　イラスト 佐倉ハイジ
王子ですがお嫁にきました　イラスト 麻々原絵里依
恋する一角獣　イラスト おおやかずみ
囚われのオメガ王子と恋の奴隷　イラスト 笠井あゆみ
ひとめぼれに効くクスリ　イラスト 橋本あおい
友達じゃいやなんだ　イラスト みずかねりょう
王子と狼殿下のフェアリーテイル　イラスト 小山田あみ

✤彩東あやね《さいとう・あやね》

神さま、どうかロマンスを イラスト みずかねりょう
愛を召しあがれ イラスト 羽純ハナ
悪党のロマンス イラスト 須坂紫那
花降る町の新婚さん イラスト 木下けい子
赤獅子の王子に求婚されています イラスト カワイチハル
初恋も二度目の恋も イラスト 伊東七つ生
恋は不埒か純情か イラスト 高階 佑

✤桜木知沙子《さくらぎ・ちさこ》

現在治療中 全3巻 イラスト あとり硅子
HEAVEN イラスト 麻々原絵里依
あさがお ～morning glory～ 全2巻 イラスト 門地かおり
サマータイムブルース イラスト 山田睦月
愛が足りない イラスト 高野宮子
教えてよ イラスト 金ひかる
どうなってんだよ? イラスト 麻生 海
双子スピリッツ イラスト 高久尚子
メロンパン日和 イラスト 藤川桐子
好きになってはいけません イラスト 夏目イサク
演劇どうですか? イラスト 吉村
札幌の休日 全4巻 イラスト 北沢きょう
東京の休日 全2巻 イラスト 北沢きょう
夕暮れに手をつなぎ イラスト 青山十三
恋をひとかじり イラスト 三池ろむこ
友達に求愛されてます イラスト 佐倉ハイジ
特別になりたい イラスト 陵クミコ
家で恋しちゃ駄目ですか イラスト キタハラリイ

✤沙野風結子《さの・ふゆこ》

兄弟の定理 イラスト 笠井あゆみ
獣はかくして交わる イラスト 小山田あみ
天使の定理 イラスト 笠井あゆみ
隷属の定理 イラスト 笠井あゆみ
獣はかくしてまぐわう イラスト 小山田あみ

✤菅野 彰《すがの・あきら》

眠れない夜の子供 イラスト 石原 理
愛がなければやってられない イラスト やまかみ梨由
17才 イラスト 坂井久仁江
恐怖のダーリン♡ イラスト 山田睦月
青春残酷物語 イラスト 山田睦月
なんでも屋ナンデモアリ アンダードッグ ①② イラスト 麻生 海
小さな君の、腕に抱かれて イラスト 木下けい子
レベッカ・ストリート イラスト 珂弐之二カ
泣かない美人 イラスト 金ひかる
おまえが望む世界の終わりは イラスト 草間さかえ
華客の鳥 イラスト 珂弐之二カ
色悪作家と校正者の不貞 イラスト 麻々原絵里依
色悪作家と校正者の貞節 イラスト 麻々原絵里依
色悪作家と校正者の純潔 イラスト 麻々原絵里依
色悪作家と校正者の多情 イラスト 麻々原絵里依
ドリアン・グレイの激しすぎる憂鬱 イラスト 麻々原絵里依
色悪作家と校正者の別れ話 イラスト 麻々原絵里依
ドリアングレイの禁じられた遊び イラスト 麻々原絵里依
色悪作家と校正者の初戀 イラスト 麻々原絵里依

✤菅野 彰&月夜野 亮《すがの・あきら&つきよの・あきら》

おおいぬ荘の人々 全7巻 イラスト 南野ましろ

✤砂原糖子《すなはら・とうこ》

セブンティーン・ドロップス イラスト 佐倉ハイジ
純情アイランド イラスト 夏目イサク (※定価651円)
204号室の恋 イラスト 藤井咲耶
言ノ葉ノ花 イラスト 三池ろむこ
言ノ葉ノ世界 イラスト 三池ろむこ
言ノ葉ノ使い イラスト 三池ろむこ
恋のはなし イラスト 高久尚子
恋のつづき 恋のはなし② イラスト 高久尚子
虹色スコール イラスト 佐倉ハイジ
15センチメートル未満の恋 イラスト 南野ましろ
スリープ イラスト 高井戸あけみ
スイーツキングダムの王様 イラスト 二宮悦巳
セーフティ・ゲーム イラスト 金ひかる
恋惑星へようこそ イラスト 南野ましろ
恋愛できない仕事なんです イラスト 北上れん
愛になれない仕事なんです イラスト 北上れん
恋はドーナツの穴のように イラスト 宝井理人
恋じゃないみたい イラスト 小鳩めばる
全寮制男子校のお約束事 イラスト 夏目イサク
恋煩い イラスト 志水ゆき
リバーサイドベイビーズ イラスト 雨隠ギド
世界のすべてを君にあげるよ イラスト 三池ろむこ
毎日カノン、日日カノン イラスト 小椋ムク
心を半分残したままでいる 全3巻 イラスト 葛西リカコ
青ノ言ノ葉 イラスト 三池ろむこ
僕が終わってからの話 イラスト 夏乃あゆみ
バイオリニストの刺繍 イラスト 金ひかる
月は夜しか昇らない イラスト 草間さかえ
オリオンは恋を語る イラスト 金ひかる
※「心を半分残したままでいる 電子限定単行本未収録短篇集 ～未来を半分残したままでいる～」は電子にて配信中。

✤月村 奎《つきむら・けい》

believe in you イラスト 佐久間智代
Spring has come! イラスト 南野ましろ
step by step イラスト 依田沙江美
もうひとつのドア イラスト 黒江ノリコ
秋霖高校第二寮 全3巻 イラスト 二宮悦巳
エンドレス・ゲーム イラスト 金ひかる
エッグスタンド イラスト 二宮悦巳
きみの処方箋 イラスト 鈴木有布子
家賃 イラスト 松本 花
WISH イラスト 橋本あおい
ビター・スイート・レシピ イラスト 佐倉ハイジ
秋霖高校第二寮リターンズ 全3巻 イラスト 二宮悦巳
レジーデージー イラスト 依田沙江美
CHERRY イラスト 木下けい子
恋を知る イラスト 金ひかる
おとなり イラスト 陵クミコ
ブレッド・ウィナー イラスト 木下けい子
すき イラスト 麻々原絵里依
恋愛☆コンプレックス イラスト 陵クミコ
不器用なテレパシー イラスト 高星麻子
嫌よ嫌よも好きのうち? イラスト 小椋ムク
teenage blue イラスト 宝井理人
50番目のファーストラブ イラスト 高久尚子
恋する臆病者 イラスト 小椋ムク
すみれびより イラスト 草間さかえ

Release イラスト 松尾マアタ
遠回りする恋心 イラスト 真生るいす
恋は甘くない? イラスト 松尾マアタ
ずっとここできみと イラスト 竹美家らら
それは運命の恋だから イラスト 橋本あおい
ボナペティ! イラスト 木下けい子
耳から恋に落ちていく イラスト 志水ゆき
恋の恥はかき捨て イラスト 左京亜也
もう恋なんてする気はなかった イラスト 竹美家らら

✤椿姫せいら つばき・せいら

この恋、受難につき イラスト 猫野まりこ
AVみたいな恋ですが イラスト 北沢きょう
ひと恋、手合わせ願います イラスト コウキ。

✤鳥谷しず とりたに・しず

スリーピング・クール・ビューティ イラスト 金ひかる
流れ星ふる恋がふる イラスト 大槻ミゥ
恋の花ひらくとき イラスト 香坂あきほ
恋色ミュージアム イラスト みずかねりょう
新世界恋愛革命 イラスト 周防佑未
神の庭で恋萌ゆる イラスト 宝井さき
その兄弟、恋愛不全 イラスト Ciel
契約に咲く花は イラスト 斑目ヒロ
恋よ、ハレルヤ イラスト 佐々木久美子
探偵の処女処方箋 イラスト 金ひかる
溺愛スウィートホーム イラスト 橋本あおい
お試し花嫁、片恋中 イラスト 左京亜也
兄弟ごっこ イラスト 麻々原絵里依
紅狐の初恋草子 イラスト 笠井あゆみ

捜査官は愛を乞う イラスト 小山田あみ
捜査官は愛を知る イラスト 小山田あみ

✤名倉和希 なくら・わき

はじまりは窓でした。 イラスト 阿部あかね
耳たぶに愛 イラスト 佐々木久美子
戸籍係の王子様 イラスト 高城たくみ
夜をひとりじめ イラスト 富士山ひょうた
ハッピーボウルで会いましょう イラスト 夏目イサク
神さま、お願い～恋する狐の十年愛～ イラスト 陵クミコ
愛の一筆書き イラスト 金ひかる
手をつないでキスをして イラスト Ciel
恋の魔法をかけましょう イラスト みずかねりょう
恋のプールが満ちるとき イラスト 街子マドカ
純情秘書の恋する気持ち イラスト 佳門サエコ
恋する猫耳 イラスト 鷹丘モトナリ
竜は将軍に愛でられる イラスト 黒田 屑
王子は黒竜に愛を捧げる イラスト 黒田 屑
魔女の弟子と魔眼の王の初恋 イラスト サマミヤアカザ
※「竜は将軍に愛でられる・番外篇 王国のある一日」、「竜は無垢な歌声に恋をする・番外篇 竜に愛を誓う」は電子にて配信中。

✤凪良ゆう なぎら・ゆう

ニアリーイコール イラスト 二宮悦巳

✤ひのもとうみ ひのもと・うみ

きみは明るい星みたいに イラスト 梨とりこ

✤間之あまの まの・あまの

ランチの王子様 イラスト 小椋ムク
溺愛モラトリアム イラスト 小椋ムク
ふたり暮らしハピネス イラスト 八千代ハル

初恋アップデート イラスト 八千代ハル

✤宮緒 葵 みやお・あおい

奈落の底で待っていて イラスト 笠井あゆみ
華は褥に咲き狂う⑤ 兄と弟 イラスト 小山田あみ
華は褥に咲き狂う⑥ 恋と闇 イラスト 小山田あみ
華は褥に咲き狂う⑦ 神と人 イラスト 小山田あみ
華は褥に咲き狂う⑧ 比翼と連理 イラスト 小山田あみ
鳥籠の扉は閉じた イラスト 立石 涼
桜吹雪は月に舞う② 奉行と閻魔 イラスト 笠井あゆみ
※「華は褥に咲き狂う」1～4、「桜吹雪は月に舞う」(イラスト：笠井あゆみ)、「蜜家族」(イラスト：青山十三)、「悪夢のように幸せな」(イラスト：ミキライカ)、「覇狼王の后」上・下(イラスト：カワイチハル)、「狂犬ドルチェ」(イラスト：石田惠美)は電子にて配信中。

✤夕映月子 ゆえ・つきこ

天国に手が届く イラスト 木下けい子
てのひらにひとつ イラスト 三池ろむこ
京恋路上ル下ル イラスト まさお三月
王様、お手をどうぞ イラスト 周防佑未
恋してる、生きていく イラスト みずかねりょう
あなたを好きになりたくない イラスト みずかねりょう
異界で魔物に愛玩されています イラスト 陵クミコ

✤ゆりの菜櫻 ゆりの・なお

黄金のオメガと蜜愛の偽装結婚 イラスト カワイチハル

✤渡海奈穂 わたるみ・なほ

甘えたがりで意地っ張り イラスト 三池ろむこ
ロマンチストなろくでなし イラスト 夏乃あゆみ
神さまと一緒 イラスト 窪スミコ
マイ・フェア・ダンディ イラスト 前田とも

夢は廃墟をかけめぐる☆ イラスト 依田沙江美
恋になるなら イラスト 富士山ひょうた
さらってよ イラスト 麻々原絵里依
正しい恋の悩み方 イラスト 佐々木久美子
手を伸ばして目を閉じないで イラスト 松本ミーコハウス
ゆっくりまっすぐ近くにおいで イラスト 金ひかる
兄弟の事情 イラスト 阿部あかね
恋人の事情 兄弟の事情2 イラスト 阿部あかね
未熟な誘惑 イラスト 二宮悦巳
たまには恋でも イラスト 佐倉ハイジ
カクゴはいいか イラスト 三池ろむこ
夢じゃないみたい イラスト カキネ
その親友と、恋人と。 イラスト 北上れん
恋でクラクラ イラスト 小鳩めばる
いばらの王子さま イラスト せのおあき
厄介と可愛げ イラスト 橋本あおい
絡まる恋の空回り イラスト 斑目ヒロ
運命かもしれない恋 イラスト 草間さかえ
ご主人様とは呼びたくない イラスト 栖山トリ子
俺のこと好きなくせに イラスト 金ひかる
さよなら恋にならない日 イラスト みずかねりょう
かわいくしてね イラスト 三池ろむこ
恋はまさかでやってくる イラスト 佳門サエコ
完璧な恋の話 イラスト 梨とりこ
それは秘密の方がいい イラスト 南月ゆう
抱いてくれてもいいのに イラスト 山田ノノ
恋は降り積む イラスト スカーレット・ベリ子
兄から先に進めない イラスト カワイチハル